新潮文庫

カゲロボ

木皿泉著

新潮社版

11541

カゲロボ

Contents

カゲロボ

はだ

Hada

カゲロボというものがいるらしい、と冬《ふゆ》が聞いたのは小三の時だった。ニュースでは言ってないけど、もうすでに人間そっくりのロボットが日本でつくられているのだと、井戸理容室の弟の方のタケルがこっそり教えてくれた。

「うちの父ちゃんは長い間、ヒゲを剃《そ》っているから肌を見るとわかるんだってよ」

電車に乗った時に、たまに人間じゃない肌を見るらしい。ちゃんと毛穴はあるし、そこから毛もはえているのだが、何かが違うんだと、家の中なのに小声でそう言ったそうだ。

あれは放課後だった。何からそんな話になったのか。窓から夕日がさしていたのでタケルの表情は逆光で見えなかったが、頭のシルエットは砂場でつくった山のようにとんがっていた。シルクロードみたいだった。行ったことはないけれど。冬はその時のことを、そんなふうに覚えていた。

その話を聞いて半年ぐらいあと、タケルの父親が電車内で痴漢をしてつかまったという噂《うわさ》がたち、それから井戸理容室は休業が続いた。タケルは学校には来ていたらしいが、クラスが違うせいもあって、知らぬ間に転校していなくなっていた。井戸理容室は看板をそのままに産地直送の野菜や手作りの味噌《みそ》を売っていたが、やがて、長く押入れにしまわれていたような、元は贈答品だった箱入りのタオルや食器などを売る店になり、それもいつの間にか閉められ、冬自身、タケルと話したカゲロボのことはすっかり忘れていた。

思い出したのは、中学一年の文化祭が終わった頃、同級生の自殺で学校中が大騒ぎになった、あの事件の時だった。イジメがあったとか、なかったとか、上履きにとけたアイスを入れられていたのを見たとか、カバンの中身をトイレに流されて泣いていたとか、そんなウソか本当かわからないような噂が流れ、その中に同学年のGという女子がケーサツから呼ばれたらしいというのがあった。Gは自殺した女子に限らず、誰ともほとんどつきあいはなく、イジメの張本人とは思えなかった。みんなの話題はなぜケーサツが彼女に目をつけたのかの一点だった。

Gがケーサツに行ったというのは誰かの想像で、自殺騒ぎの翌日、Gが早退をしたというだけで、月曜日にはそんな話になっていた。早退は病院に行ったかららしく、その証拠のように、登校したGの手の甲に包帯が巻かれていた。が、その巻き方はどこかゆるく、いかにも怪しかった。そもそも誰ひとり彼女がケガをするところを見ていなかった。

最初は、本名を呼ぶのをためらって、みんなGと呼んでいたが、学年にガ行の生徒は彼女ひとりだった。そのことを誰かが発見して、みんなおもしろがり、ことさら陰でGと呼びあって喜んでいるふうだった。

冬が帰り支度をしていると、教室の後ろの方に男子たちが集まって、やっぱりGの話をしていた。

「だから、ケーサツは決定的ショーコをもってるわけよ」

「Gがいじめてたって?」

「オレらも気づいてないのに、なんでケーサツがわかったんだよ」

「だから――カゲロボなんじゃない?」

冬は、体操服をカバンに押し込みながら、ひそめるような声を聞いてどきりとした。

「カゲロボなぁ」

「カゲロボかぁ」

タケルから聞いて以来、この名前を聞いたのは初めてだった。なのに、みんなすでにそれはここにあるモノとして、当然のように話している。遠いシルクロードの忘れ物を、通学カバンからほいっと取り出されたような感じだった。

みんなが意味ありげにうなずきあう中、カゲロボ事情を知らない一人が、

「なにそれ、ねぇ、カゲロボって何なの？」

とスマホで検索をかけつつ、みんなの顔を見まわした。

「ネットなんかにゃでてこない」

「そんなののっけたらソッコー消されるらしい」

「そのコトバを消す専門の会社があるっていうし」

「えーッ、なにそれ。ンなモンがこの世にあるわけ？」

ネットにさえでない。それだけでふつふつと怖さが増してくるらしく、必死に指でカゲロボを探している。

「だから、ムダだって」

「監視カメラなんだよ、カゲロボは」

それはつまり、人間そっくりのロボットが職場とか学校とか、場合によってはヘルパーという身分で家庭などに入りこみ、そこで虐待《ぎゃくたい》やイジメがないか監視するという

ものらしい。そんな行為があった時はカゲロボに内蔵されたカメラに記録され、それは証拠としてケーサツに提出されるのだと言う。

「そのカゲロボが、うちのガッコーにもはいりこんで監視してるってことかよ?」

「いるんだよ、うちにも」

「ボンゴジじゃない? あいつ、動きがロボットぽいもん」

「ははは、たしかに。カクッカクッてな」と歩き方を真似《まね》してみせる。

話は誰がカゲロボかという話題で盛り上がり、実はアイドルグループの中にいるらしいとか、政治家にもいるんだってよとか、有名司会者がそうだとか、犯人探しの場がひろがってゆく中、冬は荷物をまとめると、なるべく物音をさせないようにそっと教室を出た。出たとたん、教室の中から低い声が聞こえる。

「もしかして、あいつじゃねーの? 今、出て行った」

「誰?」

「笹野冬」

「あんがい、地味なヤツがそうなんだよ」

「やべぇよ、それ。今、カゲロボの話してたよな、オレたち」

「オレ、何かヤバイこと言ったか? 言ってないよなぁ」

「お前が一番しゃべってた」

「うっそぉ」

冬はそんな教室の中のことより、タケルの父のことを考えていた。ロボットと人間を見分けられる能力を持ってしまって、そのために痴漢の話をでっち上げられ、どこかへ連れていかれてしまったのではないか。頭の中はそんな妄想ばかりがぐるぐるめぐる。電車の中で、思わず他人の肌をさわってしまったタケルの父親のことを想像した。そこに居合わせたわけではないのに、まるで自分のことのように胸が鳴る。「ちゃんと毛穴もあるし、毛もはえているんだけど、なんか違うんだって」というタケルのコトバを思い出し、自分だってそこにいれば、人間じゃないかもしれないと思えば、どうしたってさわって確認してしまったに違いないと思った。その肌ざわりはどうだったんだろう。人のヒゲなんか剃ったことがない私ですら、さわると分かるものなのだろうか。

頭の中は、非常識な妄想だらけだったが、中庭はいつもの平和な風景で、でもそれがかえってウソっぽく、すでに何が本当なのか見きわめることはむずかしかった。

冬は、Gとしゃべったことはなかったが、顔は知っていた。今や有名人で、そうして欲しいと頼んだわけではないのに、彼女を見かける度に友人たちが「ほら、あれが

Gだよ」と耳元でささやくからだ。そうされた者が今度は誰かに教える番となり、それはまるで遺伝子に組み込まれているかのような行動パターンで、おそろしいほど的確にすばやく情報を広げてゆく。

だから図書室で無防備に手足をのばして窓の外をながめている彼女を見た時、「あ、Gだ」とすぐにわかった。冬はなぜかその姿から目が離せなくなり、気がつくとGに向かってまっすぐに歩き出していた。返すはずの本は胸に持ったままだった。

Gの髪は茶色っぽくサラサラだったが、それは染めているというより生まれつきのようで、窓際《まどぎわ》で包帯の手を机の上に置き、遠くを見つめているのはアニメの登場人物みたいだった。二次元の人が、学校の風景と同じ質感で貼《は》りつけられたように、そこにあった。冬は、本当にそうなのか確かめたくて、どんどん近づき、これはいくら何でも近寄りすぎだろうと思った時、Gは不機嫌そうな顔で、こちらを見上げた。

図書室のみんなが見ていた。見ていないふりをしながら神経はこちらに向かっているのが冬にはわかった。このあとどうしたいのか、冬は何も考えてなかった。

「ぎょ、行者《ぎょうじゃ》さん」

冬はGの名字を言った。重かった図書室の空気がかすかに動く。行者と呼ばれたGは返事をせず、冬の顔を見たまま黙っていた。

「ここ、すわっていいかな？」

あきらかに不自然だった。席なら他にたくさん空いていた。でも、他に言うことを思いつかなかった。冬が真向かいの席をさすと、Ｇは返事をせずに、冬から目をそらしてまた遠くを見つめた。

冬は座ると、胸に抱いていた本を思い出し、もう読んでしまっていたけれど、てきとうなページを開いて読むふりをした。Ｇもまた、遠くを見つめるふりをして、冬を見ていた。読むふりは思ったより疲れるし苦痛だった。そう思った時、Ｇは立ち上がり、冬に向かって「行こうか」というように頭をふってみせ、さっさと出て行った。冬はあわててうなずくと、本をカバンにしまい、長身のＧの後を子犬のように追いかけた。

Ｇは歩くのが速く、校門を出てどんどん歩いてゆく。冬がようやく追いつくと、Ｇは三叉路《さんさろ》で考え込むように立っていた。冬もはずむ息を整えながら立ち止まると、Ｇがふりむいた。

「で？」

Ｇがそう言って、冬の顔をのぞきこむ。冬はよほど間抜けな顔をしていたのだろう、Ｇはじれったそうに言った。

「だから、誰かに命令されたんでしょ?」

「ダレカニメイレイ」

冬が、さらに頭が悪そうに繰り返すと、Gは手の包帯をほどきはじめた。

冬が驚いて見ていると、Gはその下のガーゼを絆創膏《ばんそうこう》で貼りつけた手の甲を目の前につきつけた。

「ほら、これをはがして来いって、命令されたんでしょ? 本当にアイツがケガしてるかどうか、見て来いって」

Gは、怒るというより、哀れむようにそう言った。

「誰に?」

冬がようやくそう言うと、Gは「えっ?」という顔になって、「ちがうのか」とつぶやいた。そして、落ちた包帯をひろい上げ、それを手の中でくるくる巻きながら、もう一度「ちがうのか」と言った。

「私はぁ」

冬は説明しなければと思い口を開いた。が、そのまま見事にコトバは出てこなかった。

Gがカバンをあけ、巻き取った包帯をしまうのを見て、冬は自分も用もないのにカバンをあけて中を調べるふりをした。ただそばで突っ立っているのが恥ずかしかったからだ。

　何のあてもなく、カバンをひっかき回していると、「今回お騒がせしている一連の事実関係についての説明会」という長ったらしいタイトルがついたプリントが出てきた。「お騒がせしている一連」とは自殺のことだった。「ケア」とか「命」とかそんな文字がチラチラ見える。とりあえずそう書いておかねばならないのだろうその印刷物は、たぶん親には直接手渡さず、ダイニングテーブルに置いておくだけだ。親とあらたまって、命の話なんて、どんな顔をすればできるのだろう。仕事から帰ってきた母さんは、テーブルにあるこれをチラッと見た後、その上に買ってきたばかりの玉ネギやらヨーグルトやらを無造作に置くだろう。それは、たぶん家《うち》だけが特別なのではなく、どこの家《いえ》だってそんな感じで、もし自分が自殺しても、各家庭で、それを知らせる紙は、ただの紙として同じような扱いをされるに違いないのだ。

「私が腹が立つのはさぁ」

　とGが口を開いた。

「私がケーサツに呼ばれたとか、そんなこと言われることじゃないんだよね」

　冬が見るとGは眉《まゆ》を上げ、

「自殺した子のこと、みんな悲しんでるのかってこと。みんなさ、そりゃその話をしてるんだけどさ、かわいそうとか言っちゃってさ、でもそのすぐ後にアイドルの話とかテストの話とか平気でしてるんだよね。そのことが、なーんか許せないんだよね」と言った。

そう言われて、冬は自分も同じ気持ちだったんだと気づいた。死んだ子はクラスも違うし、名前も知らないし、しゃべったこともなかった。でも顔は知っていた。

夏休み、何かの当番で登校した時、炎天下のテニスコートの中で彼女は走っていた。汗がはんぱなく噴き出していた。スカーン、スカーンという単調なストロークの音と彼女の白く短いスカート。その下にのびた茶色くて細い足。テニスシューズは、白に銀色のラインが入ったリーボックだった。何もかも止まったような、あの八月の昼間、コートの中で足だけが動いていた。知っているのはそれだけである。その彼女が、もうここにいないということになってしまっている。そのことに何の疑問も持つことなく、死んだと聞いた瞬間に、かわいそうというコトバをいとも簡単に口にする。それって何かが違うと思うのだが、何が違うのか、冬には説明できなかった。

Gは自分の手の甲に貼られた絆創膏をひとりで遊ぶようにぴらぴらさせていたが、顔を上げると、

「誰にも言わない？」と聞いた。

「うん」と冬がうなずくと、Gは、

「じゃあ見せてあげる」と注意深く絆創膏をはがしはじめた。その手元を冬はじっと見つめた。傷口がぱっくり割れていたらどうしようと思いつつ、でも目が離せなかった。Gは最後まで、じりじりと丁寧にはがしてしまうと、冬がよく見えるように、ほらっと角度を変えてみせた。そこには傷はなかった。傷のかわりに、赤いペンで名前が書かれていた。自殺した女の子の名前だった。

「私もさ、クラスの子たちと同じなんだよね。ずっと覚えておくのってムリだと思うんだよね。だから、せめてこれが消えるまでこの子のことを覚えておこうと思ったんだ」

手の甲の名前は、すでにたよりなく消えそうに見えたが、角張った几帳面《きちょうめん》な字でそこにあった。Gは、風に当たったら消えてしまうとでも思ったのか、冬に見せた後、大事そうにガーゼを元に戻して、絆創膏の部分をはがれないよう爪《つめ》でキュッキュッと強くこすった。それでも心もとないと思ったのか、カバンにしまったばかりの包帯をまた取り出し、巻きはじめた。

冬は彼女の名前がそんなところにあるんだ、と安心した。できれば、それはずっとそこにあって欲しかった。なので、「また見たい時、見せてくれる？」と聞くと、「いいよ」とGがニッと笑った。Gの肩からのびた腕も首も、地べたに置いたカバンをのぞくために開いた足も、間違いなくそこにあると、そう思った。そう思うと、自分が立っているこの道も、この道の横に並ぶコンビニも、自分たちの脇《わき》をすりぬけてゆく車も、本当にあるものだった。

Gとはその三叉路で別れて、冬は家に帰った。誰もいない部屋にストーブをつけて、それに温《ぬく》まっていると母が帰ってきた。

今日から本格的に寒くなるという天気予報は本当だったらしく、仕事から帰ってきた母が「うーさむッ」とポケットから両手を引っこぬき、冬のほっぺたに当てた。それはとんでもなく冷たかった。ふだんなら怒る冬は、「あーよかったぁ」と思った。何がいいのか説明はつかないが、とにかく、この冷たさは本当だ、と思った。

Gとはあの時、一緒に帰ったきりで、その後は会う機会はなかった。時々、遠くでGが一人ぽつんといるのを見かけることもあったが、冬の方は友人たちと一緒だったりすることがほとんどだったので、近寄ることはできなかった。

あの日、図書室で冬がGに話しかけた一件は、思わぬ方向へと転がりはじめていた。

今まで、Gとまともにコンタクトをとる者などいなかったので、冬が話しかけたことは「え？　あんなヤツが、そんなことを」と軽い驚きをもって噂が広がっていった。誰かれともなく、じゃああのGをいじってもいいんだ、という雰囲気になってしまった。

Gが歩いていると、その前にぱっと飛び出して、握手を求めるという男子のパフォーマンスに、何がおかしいのか、みんなが大いにうけた。それがうけると、我も我もと真似をする者があらわれた。道をきいたり、告白したり。Gが無視すると、それを何とか振り向かせたくて、息を吹きかけたり、水をかけたりする者さえあらわれた。いつの間にか、Gは根性を試したり、何かの罰ゲームのための必須アイテムとなってしまっていた。

もちろん冬に、そんなつもりはなかったのだが、ことのなりゆきに、はらはらするしかなかった。Gの方は、どんなことをされても無視をつらぬいていたが、それが、みんなの気持ちを刺激して、騒ぎがおさまってゆく気配はなかった。Gは常に自信たっぷりに見えた。そのことが他の生徒たちを不安にさせた。

同級生の自殺の原因は依然不明のままだった。それはみんなの不安が不安のままに、宙に浮いているということだった。なので、みんなは、そのことを忘れるために何か新しい遊びが欲しかったのかもしれなかったが、それにしては、どんどん度を越していった。

ある時廊下のまん中で、Gが大声で怒鳴った。たまたま居合わせた冬の足はその声ですくんだ。

「このカスどもがッ！」と一喝された生徒たちは憤慨し、先生に言いつけに行ったが不在だったので、また戻ってきて、気持ちがおさまらないのか、みんなでGを取り囲み「あやまれ」コールを繰り返した。

Gは、その真ん中で静かに、

「あんたたちだったんだ」

と言った。

その声はフツーの生徒とは思えないほど凄味《すごみ》のある声で、そこにいた全員が動きを止めた。生徒たちはおどおどと互いに顔を見合せていたが、ようやく同級生の自殺のことを言われているのだと知り、「バカじゃない、あれはうちらは関係ないし」「イジメてたのは三組ッしょ」と言い訳のようなことをボソボソ言い始めた。

「いいよ、別に。全部カゲロボが見てたわけだし」

Gがそう言うと、そこにいた全員が息をとめたようになり、教室がしんとなった。

誰かが「オレたち、別に何もしてねーし」とつぶやくと、Gはそう言った男子の顔をじっと見て、

「そーだよ、何もしなかった。できたかもしれないことを、誰も何もしなかった」

と言った。

冬はそれを聞いて自分のことを言われてるようで泣きたいような気持ちになった。

Gはあごを上げてみんなを見まわすと、そのまま一人で帰って行った。

その後、面と向かって彼女に何かをする者はいなくなった。Gは自分の前に来る者を、哀れむような目で見た。そうされると自分たちが負けた気になるような目だった。Gをいじる遊びは、さすがに徐々になくなっていった。

Gが言った「カゲロボが見ている」というコトバは、呪《のろ》いのようにクラスを支配した。「カゲロボ」が噂のままなら、それは、テレビやマンガと変わらない、ちょっとした非日常を楽しむぐらいの話だった。が、Gは皆の前ではっきりと口に出してしまった。今日と昨日と何も変わっていないはずなのに、教室の中の雰囲気はあきらかに違った。

冬が校門を出ると、Gが待ち構えていた。細い目をニコニコさせて、親しげに近よ

ってくると、「おかしいよねぇ」と言って、けらけら笑った。

「みんな、カゲロボがいると思いこんじゃっててさ、バッカじゃない。ねぇ？」

Gに顔をのぞきこまれ、冬はうまく笑えないまま「うん」とうなずいた。

「いやだ、笹野さんも信じてるの？」

「そーゆーわけじゃないけどぉ」と煮え切らないでいると、

「よし、決めた」とGがきっぱり言った。

Gの真顔を見ると、「何を？」と聞くのが怖かった。冬は黙ってGを見た。

「私、カゲロボになる」

Gのコトバに冬が驚いていると、

「ねっ、いいアイデアでしょ？　私がカゲロボだって噂を流すの」

「そんなことしたら、誰も話しかけてこなくなるよ」

冬があわててそう言うと、

「今だって誰も話しかけてこないよ」とGは笑った。

そうだった。でも何も自分のことをカゲロボだなんて——。

「いいじゃん、カゲロボがいるってことになると、イジメ、なくなるかもしれないし」

なくなるのだろうか、そんなことで。冬は前に、公園で男子数人が一人を取り囲んで小突いているのを見たことがある。小突かれている少年はへらへらと笑っていたくせに、冬と顔があうと、冷たく刺すような目でこちらを見た。冬はあわてて目をそらし、坂道をダッシュで駆けおりた。駆けおりながら心の中で「お前なんか一生いじめられていればいいんだよ」とマジでそう思った。

「イジメをなくしたって、誰もよろこばないと思うよ」

そう言うと、Gは「へえ」と感心するように冬の顔を見た。

「笹野さん、そーゆーヒトだったんだ」

Gは、ちょっとうれしそうだった。

冬は噂を流す係を押しつけられたが、そんなわざとらしいことなど出来ず、廊下でGを見かけるとこそこそ逃げていた。

だから、冬の友人が注意深くまわりを見まわし「知ってる？ Gがカゲロボらしいよ」と言った時は、思わず「何で知ってるの？」と口ばしってしまった。友人は、「やっぱりそうなんだぁ」と衝撃を受けたような、でもどこか納得した顔だった。冬の不用意なコトバで、Gがカゲロボでほぼ確定、ということになってしまった。

Gは、自分の思いどおり噂になったことをよろこんでいるようで、時々、カクッカクッとロボット的な動作をやってみせ、同級生たちの反応をみては、一人でククククと笑っていた。みんなは、それを冗談だとは思わず、さらに尾ひれをつけて人に伝えていった。Gの首のラバーがめくれて中身が見えたと、真剣に言い張る生徒まであらわれた。

教室はあいかわらず、冗談を言ったり笑ったり騒々しいのだが、みんなの心は別のところにあるような、緊張をはらんだ空気がいつもまとわりついているようだった。

冬が校門から出ると、女子生徒が三人しゃがみこんで熱心に話し込んでいた。

「ウソに決まってるじゃん」

高い声が聞こえ、冬が振り返ると同じクラスの林さんだった。後の二人は、うつむいて地面を見ている。林さんといつも一緒にいる子たちで、冬とはクラスが違うので名前を知らなかった。彼女たちはいつも三人一緒だった。靴下のローテーションも同じらしく、雷模様とかメガネ模様とか、たぶん林さんが決めた同じ柄の靴下をはいていた。今日はネコの肉球模様の色違いだった。林さんは、一番かわいいピンクをはいている。間違えて違うのをはいてきたりしたらハブられたりするんだろうなあと、冬は人ごとながらどきどきした。

林さんの話を聞いていた緑色の靴下の子が意を決したように口を開いた。

「私もそう思うんだけどぉ、家に帰って一人になると、だんだん不安になってくるんだよねぇ」

それを聞いた紫色の靴下もうんうんとうなずく。

「もしもよ、もしも、本当にカゲロボだったらどうする？」

そう言われて林さんは黙ってしまった。

冬もまた、カゲロボと聞いて、その場で凍りついてしまう。駐車していたワゴン車に身を隠すようになんとか体をずらし、しゃがみこんだ。

「もしかしたら、もうカゲロボに動画撮られてるかもね」

紫色がぽつりと言う。

「動画って？」

「だから、――が万引きした物を、うちらがもらってる動画だよ」

冬の体が前のめりになる。紫色が口にしたのが自殺した女子生徒の名前だったからだ。あの子が万引きして、それをこの三人に渡していた、という事実に冬の胸が鳴る。

「やばいよ、それ、絶対やばいって」

「じゃあ、こわすしかないってことか」

林さんのコトバに他の二人が黙ってしまう。

「かまわないんじゃない？　人間じゃないんだからさ、こわしちゃっても」

「こわせるの？」

「ロボットだったらこわせるンじゃないの」

「それって罪になるよね」

「殺人にはならないんじゃない。キブツソンカイ？」

「損害賠償とか言われない？」

「言うよ。たぶん、億の世界だよ」

「払えないよぉ」

「親が払うのかなあ」

「うちはムリ、ぜったいムリ」

「うちだってムリだよ」

「わかった。じゃあ、かくすのってどうよ」

「それならできるかも。どこかに閉じ込めてたら、そのうち電池切れたりして？」

「電池なの？」

「知らないよ、何で動いてるのか」

「でも、うちらのデータは残ってたりして」

「だからデータは抜くんだよ」

「どうやって?」

「うちらにそんなのできるわけないじゃん」

「だから、絶対に見つからないところに閉じこめれば大丈夫だって」

「えーッ、そうかな。GPS内蔵でしょ。ジョーシキ的に考えて」

「だよね。うちらのケータイにだってついてるんだからさ」

「だから、GPSを抜くんだよ」

「どうやって?」

「だから、知らないよ、そんなの」

話はどこまでいっても堂々巡りだった。

三人がたどりついたのは海だった。海に沈めれば、あらゆる機能は停止するのではないかということで一致した。防水ということも考えられたが、三人はもうすでにそれ以上考えるのが面倒だったのだろう。誰もそのことを言いださなかった。三人は、じゃっそういうことでと立ち上がり歩いて行った。

林さんたちがいなくなった後も、冬はしばらく動くことができなかった。街灯がついて、まわりはすっかり日が落ちていることに気づく。考えてみればあまりにも荒唐《こうとう》無稽《むけい》な話だった。三人は冗談を言い合っていただけなのかもしれないと、ようやく立ち上がった。

家に帰り、夕御飯を食べたり風呂《ふろ》に入ったりしているうちに、冬の中で三人のことは、どこか遠い国の話のようになっていた。

それを思い出したのは、二月に課外授業でフィールドワークをやると担任が言いだしたときだった。船で島に渡り、そこにある県内でも有名な洞窟《どうくつ》に入って地層を見るというもので、去年やった流星を見る課外授業がことのほか好評だったので、地学好きの隣の組の担任とまたやろうということになったらしい。三組と四組合同で定員三十名、早いもの勝ちだというが、各自長靴持参と言われ、女子も男子も「なにそれ、本気じゃん」と、とたんに興味を失った。

寒い中、船に乗って洞窟に入るなんて、気の重い話で、冬も不参加のつもりでいた。だから林さんたち三人から「行くよね？」と声をかけられ、ぎょっとなった。船で海を渡ると聞いたときから、冬は何やら不吉なものを感じていたのだが、それが何なのかよくわからなかった。

この三人が、Gを海に沈めると話していたことを思い出して、吐き気をもよおす。

「洞窟、行くよね?」

林さんは、一度もしゃべったことがないのにやたら親しげだった。冬が何と答えていいのか躊躇《ちゅうちょ》していると、「隣の組のあの子も行くかな?」とかぶせるように聞いてくる。

冬が黙っていると、林さんはじれったそうに、

「行者さん、行くのかな?」ともう一度言った。

行者さん――。林さんはGのことを本名で呼んだ。冬がまごまごしていると、三人の女子は冬の返事を聞き終わらないうちに、ひそひそ話しながらどこかへ行ってしまった。

短めのスカートも、髪の先がくるんっとなっているのもおんなじで、後ろから見ると誰が誰だかわからなかった。

冬は、Gに会いたかった。会わねばならないと思った。が、図書室に行ってもおらず、思えば互いに連絡先も知らないということに、今さら気づく。

もうすでに誰もGと呼ばなくなっていた。「あの」とか「例の」とか、とてもあいまいないいかたになっている。それなのに、林さんは「行者さん」と言った。それは、

あの時の話は冗談ではないということなのではないか。Gなら簡単に答えを出してくれそうだった。とにかく本人に会いたかった。

校門で一時間ほど待っていたが会えず、前にガーゼをはがして手の甲を見せてくれた三叉路でさらに待った。今年初めての雪が降り始め、傘を持たない冬は、雨よりましかと、そのまま待ったけれど、陽ははやく落ち、結局会えず心残りのまま帰宅した。

次の朝、喉《のど》が痛くてこれはヤバイと思ったが、そのまま授業を受けて、でもやっぱりGのことが気になり、教室をのぞいたりしてみたが会えず、三叉路でも少し待ってみたが、体が冷えたのかぞくぞくしてきたのでしかたなく家に帰った。その夜から、冬はひどい熱がでて、結局フィールドワークどころではなくなってしまった。

船の上から女子生徒が海に落ちた事件は、冬がようやく登校できるようになった朝、食卓に置いてあった新聞で知った。

冬が登校すると担任は不在で、代わりにやってきた教頭が短くことの顛末《てんまつ》を説明したが、それは新聞の内容とほとんど同じだった。それなのに通常通り授業がはじまり、なにもかもいつも通りなのが、冬には不気味だった。

落ちた女子生徒の名前は伏せられていたが、みんなはすでに知っていて、休み時間の友人たちの話によると、それは林さんだった。そういえば、彼女の姿はなかった。救命胴衣をつけた林さんが、自分で海に飛び込んだという話だった。

「あとの二人は？」と冬が聞くと、

「それが、いなかったんだって。一人で飛び込んじゃったっていうんだよねぇ。不思議だよねぇ」

友人たちの言う通り、不思議な話だった。彼女たちはいつも三人一緒のはずだったからだ。救助された本人になぜ海に落ちたのか聞いても首を横に振るばかりだという。

「じゃあ、誰も見てなかったの？」と冬が聞くと、

「それがさぁ」と友人たちは途端に口が重くなり、互いに顔を見合っていたが、

「カゲロボが見てたんだって」とひとりが小さく言った。

「カゲロボって――」

そう言ったきり冬のコトバは続かず、それぞれの顔を見まわすと、友人たちは、

「そう、Gが見てたんだって」と言ってうなずいた。

冬の頭の中に、林さんたち三人組の後ろ姿がよみがえる。「行者さん」と言った林さんのぽってりとした唇。冬は、あの時のざらりとした不吉な感じを思い出した。行者さんはフィールドワークに参加したのだ。船の上で、あの三人と何を話したのだろ

う。おそらく、自殺したあの子の話だ。

「行者さんは無事だったの？」

冬が言った「行者さん」が誰なのか友人たちにはわからなかった様子だったが、Gのことだと思い出し、

「彼女が通報して、林さん助かったんだよ」と言った。

友人たちは、その状況が理解できないようすだった。

「そんなところに居合わせるなんて、ヘンだよね」

「そーだよ、だいたいあの三人と友だちのわけないし」

友人たちは「謎《なぞ》だよねぇ」と互いに繰り返すばかりだった。

「やっぱり、カゲロボなんだよ」

誰かが、ぼそっと言った。Gはカゲロボで、何もかもお見通しなのだ。誰かが海に落ちることも知っていたにちがいない。そんなふうに考えない限り、結論は出なかった。

林さんと同じグループの二人は登校していたが、なぜか別々に行動をしていた。あんなにいつも一緒だったのがウソのようだった。靴下も違っていた。そして二人とも、冬を見つけると目を伏せた。何かを恐れているふうだった。

冬はGを探したが会えなかった。思い切ってGのクラスの生徒にたずねると欠席ということだった。前から四番目の窓際の席がそうで、たしかにそこだけカバンがなく、騒がしい教室の中、Gの机とイスだけが、ひっそりとしていた。

Gはそれ以来、学校に来なくなった。冬は毎日のように隣のクラスに顔を出したが、やっぱり机はひっそりしたままだった。聞きたいことは、増えてゆくばかりだった。

林さんは、あれから一週間ほどして登校してきたが、その頃には彼女は救命胴衣を試してみたかっただけ、という話に落ち着いていて、騒ぎは下火になりつつあった。ただ、フィールドワークを企画した担任の方はかなり憔悴《しょうすい》していて、以前の快活さはなく、見ていて気の毒なほどだった。

Gが来なくなると、カゲロボの話はまるでなかったように教室はのんきになり、同学年で自殺騒動があったことなど、まだ数ヵ月しか経《た》っていないというのに、もう誰も覚えていない昔の話のようだった。

新学期が始まって、貼りだされたクラス替えの表にGの名はなく、それはこの学校をやめたということに違いなかった。

桜の花びらがすっかり散ってしまった頃、授業が終わったばかりの教室に「Gが来た」と大声で駆け込んでくる男子生徒につられ、みんな席を立った。冬もあわててみんなが集まっている窓から中庭を見下ろすと、私服のGがゆっくりと歩いていた。手にはもう包帯はなく、大きなノートのようなものを抱えている。紺のセーターにそこから見える白い襟、チェックのスカートのGは窓の方を見ようともせず、まっすぐに歩いてゆき職員室のある棟へ消えていった。

冬は今すぐにでもGを追いかけてゆきたかったがホームルームが始まるので、しかたなく皆と一緒に教室に戻った。やってきた担任から、放課後、行者さんによるピアノのミニコンサートがありますと言われ、先生はプリントアウトした紙を見ながら、行者さんは有名なピアノコンクールで優勝するほどの腕前で、海外留学することになったので、その前にみなさんのためにミニコンサートをひらいてもらえることになった、と説明した。Gがピアノを弾くなんて誰も知らなかった。誰かが、「だから、ずっと体育、見学だったのかぁ」と言った。たしかに、うっかりバスケなどして、突き指でもしたら大事《おおごと》なのかもしれない。それって林の話じゃなかったっけ。だから、Gも見学だったって。手に包帯をしていたのは、その口実だったんじゃないの、とみんなそれぞれしゃべり出す。

先生が持っていたプリントアウトした紙が生徒たちにまわってゆくと、それをきっかけに、みんな当然のように「G」でも「カゲロボ」でもなくて「行者さん」と呼び始め、誰もそのことに気づいていないようだった。

「行者さんって有名人だったんだ」

「行者さんのサイン、もらっておけばよかったよなぁ」

「行者さんって孤高の人って感じだったもんなぁ」

冬は、教室のこんな変貌《へんぼう》は前にもあったと思った。そうだ。あの自殺した女の子だ。自殺の前までは県内で五位のテニスのうまい女の子だったのに、亡《な》くなったとたん「かわいそうな子」としか呼ばれなくなってしまった。はじめからそうだったみたいに、その子のことをみんなそう呼んでいた。「行者さん」が、ようやくみんなの中で「行者さん」になったが、それは自分の知っているGではないような気がした。

ミニコンサートは思った以上に人が集まり、会場の音楽室は生徒たちがぎゅうぎゅうに詰め込まれ、それでも入りきれず廊下まであふれていた。冬もまた音楽室に入れず小さな体をさらに折りたたんで、もぐるようにしてわずかな隙間《すきま》からGを見た。姿は見えず鍵盤《けんばん》だけがかろうじて見えた。シーンとした部屋に楽譜をめくる音がした後、いきなり鍵盤にGの手があらわれた。冬は息をのんでそれを凝視した。

手は最初、強く鍵盤をたたくと、あとは何かの生き物のように忙しく動き始める。冬はその手の甲が見たくて目をこらす。一瞬、赤い文字のようなものが見えて、冬はハッとなった。あの子の名前に違いなかった。あれだけの時間が経っているのに、名前はまだそこにあった。気がつくと曲は変わっていた。どこかで聞いたことのある曲だった。誰かが「モーツァルトのレクイエムだ」とささやいた。Ｇの手の甲に書かれた赤い名前の文字が、音にあわせて、呼吸するように上へ下へと動いていた。

小さく「タチバナヤスエ」とつぶやく声がして、冬が思わずその方に顔を向けると、そこに林さんが立っていた。「タチバナヤスエ」はＧの手の甲に書かれた自殺した女の子の名前だった。Ｇの弾くレクイエムは美しく、生徒も先生も放心したように聞き入っていたが、これが誰のためのものなのか、知っているのは三人だけだと冬は思った。自分とＧと林さんだけなのだ。これだけ人がいるのに、もう誰も、テニスのうまいタチバナヤスエのことなど思い出さない。今、動いているＧの指と同じように、タチバナヤスエもまたテニスコートでよく陽に焼けた足をリズミカルに動かしていた。冬はそのことを思い出して、気がつくと両手を祈るようにかたく握りしめていた。

冬がＧを見たのは、それが最後だった。

冬が大学を卒業後、製紙会社に勤めるようになって八年ぐらい経った頃、「私、笹野さんと同じ中学だったんだよね」と同僚の女性が告白するように言った。居酒屋の席で、他の同僚はすでに帰ってしまい、二人だけになっていた。彼女は林さんといつも一緒にいた、あの三人組の一人だった。冬は緑色の靴下の柄を思い出す。会社ではガハハハと笑う豪快な女の子だったので、全く気づかず八年も一緒に仕事をしてきたことになる。冬の方は、中学の頃の性格のまま、何をやっても自信のない、くよくよした女子社員だった。

「本当はさ、ずっと黙ってるつもりだったんだけど、笹野さん、いつもつまんなそうじゃない？」

たしかに、冬は自分でも生きている感じが乏しいことは、よくわかっていた。

「それってGと関係があるのかなって思ってさ」

冬はGという名を聞いて、突然、三叉路であの包帯をほどいた時の光景を思い出し、どきりとした。

「二度と言わないよ。生涯に一回だけだからね」と同僚は念を押して、林さんの話を始めた。

林さんたちは、偶然、タチバナヤスエが万引きするのを目撃した。試合前のプレッシャーだと本人は必死に言いわけした。三人は誰かに言いつける気はなかったが、タチバナヤスエは、いろいろなモノを三人にくれるようになった。口止めのつもりなのだろう。マンガ本、CD、リップ、バッグとそれはだんだん高価なものになってゆく。万引きしたものに違いなかった。三人は怖くなって、ある日受け取るのを拒否した。タチバナヤスエは「今までずっと受け取っていたくせに」と猛烈に抗議し、激しい言い合いになった。林さんが興奮して「じゃあ全部先生に言う」と言った時、タチバナヤスエは、ぞっとするような声で、「そんなことしたら、私、死ぬしかないんだからね」と言ったという。そして、そのコトバどおりタチバナヤスエは死んでしまった。もらったモノは全部小さく刻み、少しずつ小分けにして自然公園のゴミ箱に捨てた。このことは三人の秘密になった。なのに「G」があらわれた。三人は秘密がばれるのではないかと焦《あせ》った。追い詰められてGを海に落としてしまおうということになった。

「それって、タチバナヤスエと同じだよね。目の前のことしか見えてなくてさ。とにかくバレないことしか考えてなくてさ。でもよかったよ。本当にGを落としてたら殺人だよ。私たち運が良かったと思う」

いつもはガハハと笑う同僚は、真面目《まじめ》な顔をして、モズクをつつきながらそう言った。

三人がかりなら、何とかGを落とせるのではないかと計画を練り、念のため自分たちは救命胴衣をつけた。Gを呼び出し三人で海に落とそうとした。

「でもね――」と同僚はコトバをきって、冬を見た。

「ぴくりとも動かなかったんだよね。私たち、必死に持ち上げようとしたんだけど、重いっていうより、地面にひっついているのかっていうぐらい、Gの体は全く、一ミリも持ち上げることができなかったの」

その時、林さんは手すりにのぼってGを引き上げようとしていたが、あやまって海に落ちてしまった。救命胴衣はつけていたが、落ちたとたん、林さんは船から離れてゆき、あっという間に小さくなっていったという。その時、Gが落ち着いた声で「助けを呼んでくるから、あなたたちはその救命胴衣を元にもどして」と指図し、操舵室《そうだ》にかけて行った、という。

救助された林さんの顔は寒さで真っ青だったが意識はしっかりしていて、一人で落ちたと言い張った。Gは何も言わなかったので、そういうことになってしまったらしい。

「あの後、Gはいなくなっちゃったじゃない？　それって、私たちにバレたからじゃないかなぁと思うんだよね」

同僚の声は少し酔っていた。

「バレたって？」

「だって動かなかったんだよ。三人がかりで向かっていったのに」

冬は、タケルの父のことが頭をよぎった。冬はGがいなくなった後、彼女の真似をして自分の手の甲に赤いペンで名前を書いてみたのだが、その文字は思ったより早く消えてしまった。Gの手の甲の文字は、書き直したものには見えなかった。「バ」という文字が書き損じたように大きく右にかたむいていた。なぜあの名前があんなに長くあそこにあったのだろう。あれはタケルの父が見たという、人間じゃない肌だったんだろうか。

「Gってさ、やっぱりカゲロボだったんだと思うよ」

同僚はそう言ったが、それを聞いた冬の顔があまりにも深刻だったからか、

「なんてさ、SFだよね。子供の頃だったし、私の思い込みだよね、きっと」

と言って、いつもの顔でガハハと笑った。

気がつくと終電車の時間が迫っていたのであわてて店を出ると、二人は夜道を走った。走りながら冬は聞いた。

「林さん、どうしてるかな」

「結婚して子供が三人」

息を切らせながら同僚はそう言って、あとから来る冬を振り返り、

「長女の名前はヤスエっていうんだよ」と笑った。それはガハハではなく、昔見た三人組の時の若くのびやかな笑いだった。

前を走る同僚のカカトだけを見ながら、冬もまた走った。上下するカカト。タチバナヤスエのテニスコートの足。鍵盤の上を呼吸するように上下していたGの手の甲。林さんの娘の手足もまた、無心に動いているんだろうか、と冬は思った。

走りながら、冬はGが本当の人間かそうでないかなんて、どうでもいいことのように思えてきた。三叉路でGが絆創膏をはがして見せてくれたあの時、この世界は本当にあると自分は思ったのではなかったか。あの時の道と、今走っているこの道はつながっていて、さらに走り続ければ、まだ見たこともないけれど、たぶん一生見ることはないけれど、ヤスエという名の女の子にたどりつくはずだ。それだけで、この世界は本当にあると思っていいのではないか。理由なんてわからない。だけどきっとそうだ。

「間に合うかな？」

前を走る同僚が冬に声をかける。

「大丈夫」

息の上がった冬はきれぎれにそう答え、足の裏にアスファルトのかたさを感じながら、前に進むため、思いっきり地面をけった。

あし

Ashi

「ネコの足を切ったらゆるしてやる」とチカダは言った。何をゆるすのか、なぜネコなのかは言われた賢《けん》にはわからなかったし、わかりたくもなかった。

「だから、どーすんのよぉ。ネコ、やるのかよ、やらねーのかよ」

その前は、阿部さんにチューしたらゆるしてやると言っていた。阿部さんというのは、頭から下へ広がってゆく体型の女の子で、いつも教室のはしっこで、小さなお弁当箱を左手で守るように、一人で食べていた。チカダたちは、その左手を豚足要塞《ようさい》と呼んでいた。阿部さんは、どこをとってもいじりどころ満載なため、チカダは、ちょっかいを出したくてしょうがないのだろう。しかし、直接、阿部さんみたいなはしっこに位置する女子に声をかけるのは、彼のプライドがゆるさないらしかった。

阿部さんとのチューの前は、廊下を裸で走ればゆるしてやるだった。その前は万引きしてこいで、その前は風紀の先生をなぐってこいで、その前は線路内に自転車を置いてこいだった。賢がそんなムチャな命令を無視していると、チカダは「ゆるしてやるって言ってるのに、どーしてオレの言うことちゃんとやってくれないのかなぁ」と言いながら、きまって数人でなぐってきた。

なんでこんなことになってしまったのか。そもそも、なにをゆるしてやるのか、チカダからちゃんと聞いたことはない。チカダが最初に声をかけてきたのは、「ゆるしてほしかったら、コーヒー牛乳買ってきて」だった。いま思えば「ゆるしてほしかったら」は、チカダの口癖だったのだろう。もっと卑屈な顔をしていればよかったのかもしれないが、賢の態度は毅然《きぜん》としすぎていた。賢にはチカダにゆるしてもらうことなど何もなかったので無視していると、昼休みにチカダの手下がやってきて、誰もいない体育館の更衣室にひっぱり込まれ、待ち伏せしていた三人にいきなりなぐられたのだった。チカダは手を出さず、「顔はダメだぞ。バレるから」と赤い顔で叫んでいた。賢はなぐられながら、赤くなったチカダの耳を見ていた。四角い耳たぶだった。賢が苦痛で体を折り曲げるのを見て、チカダはようやく満足したようだった。

しかし、その後、教室での賢は、なぐられたことなどまるでなかったかのように、おびえるようすを見せなかったので、チカダは再び怒りで赤くなり、「トイレの大の便器をなめたらゆるしてやる」と賢に迫った。無茶な命令をされて、それを無視してなぐられるという一連のルーティーンができ上がってしまうと、そこから抜け出すのは難しい。賢は体育館の更衣室の匂《にお》いをかぐだけで吐き気がするようになった。なぐられているときより、これからなぐられるとわかりつつ、渡り廊下を歩いているときの方が恐怖だった。休み時間、ところどころに散らばっておしゃべりをしている生徒たちが、自分を見ている気がした。もしかしたら、今から自分がなぐられるのを知っているのではないか、そう考えると全《すべ》てが崩れてゆくような恐怖におちいった。

その日もチカダはまた何か新しいことを考えついたのだろう。賢に近寄ってきて、「ミッション・インポだよ」と声をかけ教室から連れ出した。阿部さんが気をつかうように、じっと自分を見ているのに気づき、賢は、チカダとのことがクラスにばれるのは時間の問題だと思った。チカダとのこの関係にケリをつけよう。これから何を命じられるのかわからないが、今回ばかりはやってのける。そして、あの「ゆるしてほしいならぁ」という甘ったるい声を二度と聞くまいと思った。

ネコの足を切れと言われた賢は、黙っていた。「はい、インポ君、更衣室行き決定！」とチカダははしゃいだ声で叫ぶ。賢は、それをさえぎるように「わかった、やるよ」と言った。自分が思っているより高い声だった。

「お前らが言い出したんだから、ネコと道具は、そっちが用意しろよな」

賢が冷静にそう言うと、チカダたちは、しばらく驚いていた。驚くと本当に目が大きくなるのだなと賢は思った。チカダは、自分たちの優位な立場がゆらぐのを察知したのか、「コイツ、マジやる気だって。受けるぅ」とひときわ大きな声で肩をたたきあって笑った。想定外のなりゆきに戸惑っている自分たちを、大笑いすることでなんとか立て直そうとしているようだった。

そんなことが、手に取るようにわかってくると、賢は本来の自分を取り戻したような気になり、笑う余裕さえ出てきた。その笑顔を見て、チカダは急に真面目《まじめ》な顔になり「わかった。用意ができたら知らせる」と短くそう言って、賢を解放した。

本当に解放された気分だった。ネコの足を切ることを思うと吐きそうだったが、チカダと対等にしゃべれたことがうれしく、このまま何もかもうまくゆくような気がした。そうだ、アイツらだってそんなに簡単に野良ネコをつかまえることなどできないはずだ。そのうち、自分たちが言いだした荒唐無稽《こうとうむけい》さに気づき、あきらめるだろうと賢は思った。

が、それは賢の希望で、チカダの方はそういうわけにはゆかないようだった。賢がやると言ってから一週間後、「れいのヤツ調達できたから」とだけ言い、目でついてこいと合図をした。

体育館の更衣室で、チカダの手下が三人、足元の黒いリュックを見つめていた。チカダと賢が入ってくるのを見ると、みんな、ほっとした顔になった。ネコが逃げ出してしまったら、あるいは何もしないうちに窒息死してしまったらと思うと、気が気ではなかったのだろう。黒いリュックは息をするように動いていて、リュックそのものが生き物のようだった。それを見た賢は後悔した。できるわけがないと思った。が、それを口に出すわけにはゆかない。

「こんなところでやったら、血とか飛び散ってヤバイんじゃないの？」

賢は、ものすごく冷酷に聞こえるように言ったつもりだが、元々、賢の声は笑っているように聞こえるらしい。祖母には「あんた、植木等みたいな声してるわよね」と言われたことがある。植木等が誰なのか知らないが、この声を家族はみんな好きだった。

賢の明るい声が、不安を与えたようで、チカダは緊張した顔で、「当たり前だよ、やるのは公園だよ」と怒ったように言うと、ぞろぞろ学校から公園に向かった。ネコの入ったリュックは賢が背負った。背負うと中にいるネコはおとなしくなったが、それでも生き物が背中にぴったりとはりついていて、首すじに息を吹きかけられているような感触がした。いきがかり上とはいえ、その足を自分の手で断たねばならない。気分はすでに罪人だった。

ネコの足を切ってしまってもなお、家族はこの声を好きでいてくれるだろうか。自分は何かとんでもないものを、チカダと取り引きしようとしているのかもしれない。でも、もう後戻りできなかった。帰り道をふさぐようにチカダたちが、すぐ後ろをついてくる。公園が見えてくると、賢はこうする以外にどんな方法があったのだと、だんだん腹が立ってきた。

チカダが手を回したのだろうか、公園には誰もいなかった。まさか、チカダにそんな力などあるわけがない、と賢は思いなおす。ポプラの木の下で、賢が注意深くリュックを開けると、白地に灰色の模様のネコが首を出した。赤い革の首輪がついていて、そこにアルファベットのNという文字が銀色の糸で刺繍《ししゅう》されていた。もしかしたらNではなくZかもしれなかった。

「飼いネコ？」

賢が驚いて顔を上げると、チカダは「どっちだって同じだろ」と言った。やっぱり、野良ネコをつかまえるのは難しかったのかもしれない。

「後々、面倒なことになるの、オレ、ヤだから」

と賢は強気な声を出した。必死だった。切らずにすむなら、そうしたい。

「三十万ぐらいするんじゃないか。どーするんだよ、ばれたら。損害賠償だぞ」

「するわけないだろ。雑種だよ。はやくやれよ」

「お前、知らないかもしれないけど、五百万とか、とんでもない値段のネコだっているんだぞ」

切らずにすむ最後のチャンスだと思うと、ここで引き下がることはできない。引き下がれないのはチカダも同じだったらしい。

「払うよ。もしものときは全額払うから、はやくやれよ」

「信用できないね」

「こいつらが証人だよ」

チカダの後ろにいるやつらが、うんうんとうなずく。

「全部、お前のダチじゃないか。信用できない。飼いネコだなんて、冗談じゃないよ。この話はなかったことにしよう」

賢は素早くリュックを開けた。ネコを引っ張りだして逃がすのだ。ネコさえいなければ、この話はなしになるはずだ。

しかし、ネコは、リュックから出されても、その場でうずくまり動こうとしなかった。賢がなんとか逃がそうとあせっていると、チカダがビジネスマンのように「わかった、こうしよう」と言った。

「なにかのときは、オレが全額弁償すると紙に書いて拇印《ぼいん》もおしてやる。これで文句ないだろう。さぁ、ソッコーでやってくれ」

チカダは数学のノートを一枚ちぎって、汚い字で「ネコ、しんだら、ぜんがくべんしょう」と書き、自分の名前を書いた。そして、みんなのカバンから、赤いフェルトペンを探し出し、それで親指を塗りつぶして、紙に押しつけた。賢は観念してそれを受け取り、ゆっくりポケットに押し込むと、リュックからチカダが用意したナイフを取り出した。なぜか何本も入っていて、賢は一番小さいのを手に取った。

「そんなので、やれるのかよぉ」

チカダはナイフを自分で入れておきながら、そんなことを言った。

ネコは、逃げようともせず、ずっと賢を見ていた。賢がナイフをネコの足に当てると、チカダたちは自分が言いだしたものの、一部始終を見せられるのはイヤであるらしく、少し離れたところでかたまって、賢とネコをみていた。

ネコは賢が足先をつかむと、「え、なにするの？」という顔でこちらを見た。賢にもわかっている。今からやろうとしてることは、誰のためにもならない。むしろ誰に話してもマジ切れされることだ。引き返すこともできそうなのにできない。というか、その方法がもう見つからない。なんでこんなことになってしまったのか。阿部さんにチューすべきだったのか。コーヒー牛乳をチカダたちに買ってきてやるべきだったのか。このまま、こいつの足を切らなければ、チカダは前にも増して、何をしてもいいと思うだろう。ふいに更衣室の恐怖がこみ上げてくる。あのしめった匂いを思い出すと賢の胸はしめつけられた。切らずにすむ方法など、もうどうでもいい。切れ。切るのだ。やらねば自分がやられる。

両手が使えるように、賢はネコを両ひざではさんだ。更衣室で丸めたマットの間に押しつけられた自分のように。ネコは、なんでそんなことするんですか、というように小さくにゃーと鳴いた。賢にだってわからない。でも、ずっと不条理なことを押しつけられていると、そっちの方が正しいのかもしれないと思うようになるのだ。

ナイフをネコの足首に当てると、少し力を入れただけなのに、刃が中心に向かってなめらかにすべっていった。カマボコを切っている感触だった。刃は最後までスムーズに動き、猫の前足の先がぽとりと落ちた。その切り口は肉ではなく、のっぺりとした消しゴムだった。固さも弾力も、消しゴムそのものだった。すべすべした断面の中心には、骨ではなく、針金の束のようなものが埋め込まれている。具が極端に少ない巻き寿司のようだ。しかし、外側はネコの足そのものだった。こわごわ地に落ちた足先を拾い上げると、びっしりと白い毛が生えていて、裏返すとぷよぷよしたピンクの肉球もちゃんとある。指に隠れた爪《つめ》も小さく丸まった貝殻のようで、とてもつくりモノとは思えない。

「こいつ――」

賢が思わずつぶやくと、それまでおとなしかったネコが突然、ものすごい叫び声を上げ、足先を切られたとは思えないスピードで、どこかへ逃げて行ってしまった。

遠巻きで見ていたチカダたちが、口々に何か叫んでいる。「マジ？」とか「やったのか？」とでも言っているのだろう。賢が、ネコの足先を持った手を「見る？」というように高く上げてみせると、チカダたちは一瞬凍りついた。賢は、そこに向かって、ゆっくりネコの足先を投げつける真似《まね》をした。一人が耐えきれず、うわぁっと叫びながら逃げ出す。他の連中も、それにつられて我先にと公園から逃げてゆく。あっという間だった。あんなにしつこかった暴力が、どんどん遠ざかってゆく。

「なんなんだよ」

賢はひとりになった公園でつぶやいた。そして、手に残っているネコの足のようなもの、を注意深くポケットに入れた。

　賢は、ネコの足をいつも持ち歩いた。うっかり家や教室に置きっぱなしにしていて、それを誰かに見つけられたら、と思うとぞっとした。この物体が何なのか説明できないし、こんなものを持つようになった経緯も、死んでも話したくない。学校では制服のズボンのポケットに入れていて、十分ごとに、それがちゃんとそこにあるか手で確かめた。

　体育の時間は、手の中に隠し持つしかなかった。体操着のポケットに入れると目立つからだ。それでも男子の授業はこのところサッカーばかりなので、気づく人は誰もいなかった。風呂にも一緒に入り、自分の頭を洗った後、ネコの足も洗ってやった。誰かに教わったわけではないのだが、母親用のノンシリコンのシャンプーで、毛が抜けないよう、やさしくなでるように洗い、そのあと自然乾燥させている。

　入浴後、部屋の窓を開け、自分とネコの足とが並んで涼んでいるとき、ふいに、コイツと別れる日がくるのだろうかと、賢は寂しい気持ちになったりした。すでにネコの足は自分の体の一部のようだった。あまりにも、ずっと触りつづけているので、自分にも、これと同じような白い毛が生え、足裏にはピンクの肉球があるような気さえしていた。

中一のとき、女子に告白され、付き合ったことがあった。気持ちが上がったのは最初の何回かだけで、当たり前のように学校の行き帰りを一緒に歩くことに疑問を感じ、そのことを正直に告げて、激怒された。好きなら一緒にいたいはずだと、中庭でその女子の友人たち三人から問い詰められ、とりあえず、すみませんと謝った。あのとき、自分が何に謝ったのかよくわからなかったが、賢は、今ようやく理解できた気がした。好きという意味がわかっていなかったのだ。このネコの足が好きだ。いつまでも一緒にいたい。いっときも手放したくない。自分の弱さを、身勝手さを、卑劣さを、全部知っていて、それでもなお、美しい白い毛を見せてくれるネコの足。賢はネコの足を、つむった目のまぶたに押しつける。やわらかい肉球に踏まれた眼球は、もう何も見なくていいよと言われているようだった。安心した気持ちが体の深い場所へと落ちてゆく。

気がつくと、賢は泣いていた。チカダたちの暴力に、自分が深く傷ついていることを、認めた。怖くてしかたなかったことを、不安におののいていたことを。なぜか、ネコの足が、自分のふがいない涙を全部吸い取ってくれるような気がして、心ゆくまで泣いた。

チカダは、その後、話しかけてくることさえなかったが、賢が公園でネコの足を切っているのを見たという噂《うわさ》が流れたので、裏でなにやら画策しているのは確かだった。噂は、けっこう長く続き、賢は担任に呼び出された。しかたがないので、チカダのことを全部話した。話しながら、これって自分の話だっけ、と思うほど遠いことのように思えた。もちろん、猫の足なんて切っていません。切ったふりをしただけです、と説明した。証拠にチカダの書いたノートの切れ端も提出した。

女の担任は聞いているうち、チカダたちに憤慨し、更衣室の話になると、「つらかったね」と涙声で何度も言った。そして最後に、「私にまかせて」と賢を強い目で見つめた。しかし、その後、チカダたちが呼び出されたり、何かの処罰を受けたということはないようだった。そもそも、賢の話が職員室で共有されたかどうかも怪しかった。担任は、面倒になって、そのまま放置してしまったのだろう。

時間が経《た》ち、猫の死骸《しがい》を見つけたという話も聞かなかったので、賢の噂はしだいにおさまっていった。チカダはおもしろくなかったのか、こんどは直接阿部さんをいじり始めた。賢にレベルを下げたと思われるのがイヤらしく、しかしばれるのが怖いのか誰にもわからないようにいじめる。弁当で残ったエビフライの尻尾《しっぽ》をペンケースに入れ、授業中それを見つけた阿部さんが小さくリアクションするのを見て喜んでいる。阿部さんは、まるで自分が悪いことをしたかのように、人に見られないようにエビの尻尾をそっと捨てた。エビの尻尾は、かじった鶏の唐揚げに変わり、アジフライになり、ケチャップを塗ったハンバーグになり、ペヤングの焼きそばになり、どん兵衛の天ぷらそばになった。それに飽きると、体操着の入っている袋にずわい蟹《がに》の殻を放り込み、蟹臭い蟹臭いと騒ぎ立てた。何をされても黙って耐えている阿部さんを見ていると、賢の心はざわざわした。

何とかしたいと思った賢は、ティッシュペーパーに赤いペンを血のように染《し》み込ませ、それにネコの足をくるんで、チカダのペンケースにしのばせた。それをスマホで撮って、躊躇《ちゅうちょ》することなく、写真をSNSに上げると、すぐに話題となった。生徒たちは人の持ち物を細かいところまでよく見ていて、ペンケースがチカダのものだと特定されるまで、時間はかからなかった。気がつくと、チカダは学校中からやばいヤツという目で見られるようになり、阿部さんにちょっかいを出すどころではなくなってしまった。

そうなっても阿部さんはさほど嬉《うれ》しそうではなかったのが、賢には不満だった。そもそも阿部さんのためにやってやったのに。学校を出てそんなことを思いながら歩いていると、ふと誰かに見られている気がした。振り返っても誰もいない。気のせいかとふたたび歩き出すと、歩道の植え込みの陰からネコがじっとこちらを見ているのに気づいた。それは賢が足を切ったネコに似ていた。足を切られてもなお無表情な顔だった、あのネコにそっくりだった。賢はポケットのネコの足を握りしめた。コイツに足があるのか確認したいが、草に隠れてよく見えない。ふいに、ネコが首だけを左右に動かしたように見えた。賢は、ぞっとするような違和感を覚えた。なんだ、今のは。まるでダメというように、首を横に振ったのだ。コイツは一体、何なのだ。

賢が近づくと、ネコは前足を切られたときと同じぐらいの、びっくりするほどのスピードで逃げて行った。足があるのかないのか、確かめることができなかった。これは警告だ、と賢は思った。どうしてそう思うのか説明できないが、そうとしか思えなかった。

ネコの足の写真がネットにのってから、チカダの態度はみるみる変わっていった。前は必ず何人かとつるんでいたのに、今はいつ見ても一人でいる。大声を出すこともなく、休み時間になると、どこかへ消えてしまい、授業が始まって五分ぐらい経ってから戻ってくる。授業中なのに、教室にいる者は誰も文句を言わない。チカダのペンケースにネコの足が入っていたことは、教師も生徒も知っているが、誰も真実は知りたくないという感じだった。彼の元の仲間でさえそうで、チカダから距離をとっている。チカダは透明人間のようだった。うっかりかかわってしまって、とんでもないことに巻き込まれてしまうのを恐れているのか、本人に真相を聞こうとする者は一人もいなかった。そのくせ、誰もが興味津々《しんしん》であるらしく、ネット上では、チカダは月に十一匹のネコを殺している異常者ということになっていた。

自分の軽はずみな行動のせいで、こんなふうになってしまったことに賢はおびえ、ネットの写真はすぐに削除した。しかし、チカダの立場は変わらず、チカダにも、賢を恨んでいる様子はなかった。それどころか、チカダは賢を見ていないようだった。阿部さんですら見えてないようだ。教室にいるときのチカダは、ぼんやりと焦点の合わない目で、黒板の上の方を見ていた。

賢はネコの足を持っていることが恐ろしくなって、何度も捨てようとしたが、誰かに見られているようでできなかった。バレることを考えると持ち歩くことは危険すぎた。クラスの誰かに見つかって、チカダのようになってしまった自分を想像すると吐きそうになる。

隠し場所を変えてみても安心できず、また別のところに隠す、といったことを何度も繰り返した。考えに考えたあげく、通学に使っているリュックの内ポケットに入れて、その口を縫い付けることにした。しかし、ふぞろいな縫い目は、あきらかに手作業でやったものとわかるので、誰かがのぞき込んだら不審に思うに違いなく、さらに自らの不安が増してしまうように思えた。

ふと母親が作ったお稽古バッグのことを思い出し、押し入れから引っ張り出した。青いチェックの柄に飛行機のアップリケがほどこされている。小学生のころ、母親が塾用に作ってくれたのだが、賢はこのバッグがイヤでしょうがなかった。こんな子供っぽいものは持てないと言い張り、かわりにスポーツ用品店でメーカーのロゴ入りの黒いのを買ってもらったのだった。

既製品のバッグにネコの足を縫い込むのは無理があるが、母親の手製のバッグならいけそうな気がした。しかし賢の手芸能力は自分で思っている以上に低く、何度やっても不器用な縫い目が目立ってしまう。

次の日、手芸用品店に行って物色すると、チロリアンテープというものが売られていたので、あたりを注意しつつ、それをいくつか買った。これでなんとか、縫い目を隠せそうな気がした。お金を払って手芸用品店を出たときは、やりきった感でへとへとになっていた。家に急いで帰り、チロリアンテープを丁寧に縫い付けると、最初からそうであったと思えてくる出来ばえになった。全ての作業を終えた後、明日からこのバッグを持って学校に行かねばならぬことに気づき、ぞっとした。ただ、ここまでの苦労を考えると、そんなことはとても小さなことのように思えた。

学校に行くと、賢のバッグは女子生徒からの受けがよく、みんな触りたがるので困った。そんな女子たちを賢が邪険にすると、バッグの可愛《かわい》さと、賢の態度のギャップがたまらん、などとよけいにいじられる。女子どもには、男子と違う特殊な能力があるので、ネコの足のようなものをめざとく見つけ、「なに、これぇ!」と騒ぐに違いなく、賢の方は必死だった。

チカダが事件を起こしたのは、その日の午後だった。体育館に移動中の一年生女子の太股《ふともも》をカッターで切りつけたらしい、という噂を誰かが聞いてきて、クラス中が凍りついた。

「ネコの足じゃ、あきたらなかったのかなぁ」と誰かがつぶやくと、そのコトバに伝染するようにみんなが納得してゆくのが、手にとるようにわかった。

チャイムが鳴り授業の時間になっても、担任はあらわれなかった。かわりに教頭がやってきて「自習して下さい」とだけ言って、後は何の説明もせず、あわただしく出て行った。

切られた一年生はバドミントン部の子だったとか、チカダのカバンからナイフが何本も見つかったとか、チカダの母親を見たとか、母親は巨乳だったとか、エルメスのバーキンを持っていたとか、それはよくできた偽物《にせもの》だったとか、実はチカダは複雑な生い立ちだったとか、ウソか本当かわからない情報がきれぎれに教室に入ってくる。そのたびに、「うそぉ」とか「まじか」とか言う声を聞きながら、賢は耐えるように黙ってすわっていた。みんな、飢えたオオカミのようだった。血の匂いを求めてさまよっていた。血を流し続けているのは自分だということを、何としても隠し通さねばならなかった。

「チカダ、出てきたッ！」

誰かが叫び、クラスのほとんどが廊下の窓に張り付いた。賢も条件反射的に立ち上がり、生徒たちの後ろから窓をのぞくと、担任に連れられたチカダが校門に向かって歩いてゆくのが見えた。チカダは歩きながら、自分の教室のある方を見上げ、誰かを探しているような顔をしていた。賢を見つけると、少し笑って小さくVサインをしてみせた。

「なんだ、あれ？」

「なんでVサイン？」

「あり得ない」

生徒たちは口々に何か言い合っている。自分に向かってのサインだとは、誰も気づいていないことに、賢はほっとする。このVサインもまた、すぐに写真に撮られて、SNSに上げられ、繰り返しみんなに見られるに違いなかった。そしてチカダは、言いふるされた、心に闇《やみ》を持つ中学生になってゆくのだろうと思った。

歩いているチカダは、最近の、呆然《ぼうぜん》としたチカダではなかった。ようやく自分を取り戻したような、でも虚勢を張っているような、いつもの悪ぶったチカダだった。ナイフではなく、カッターだったが、それでもネコではなく人間を切りつけたという事実が、チカダに自信を与えたようだった。学校中が期待していた悪人になれてほっとしているように、賢には見えた。

ここ何日かでチカダは、本当の自分と向き合ったのではないか。暴力なんて本当は嫌いだったという事実。賢がチカダ自身からなぐられたことは一度もなかった。ネコの足を切るのを見ることさえできないチカダだった。そんな弱い自分を、どうしても受け入れられなかったに違いない。だから、そんなふがいない事実より、ネットで噂されているチカダこそが本当だと、自分をふるいたたせたのだろう。

それは違うだろう、と賢は思う。ネコの足を切るために何本ものナイフを用意したチカダが、なぜカッターで切りつけねばならなかったのか。それはチカダが、異常者でもなんでもなく、まっとうな人間だからだ。いざ自分がやるとなった時、相手がより浅い傷であって欲しいと願ったからだ。

「チカダ、ちがうだろうッ！」

気がつけば、賢はチカダに向かって大声で叫んでいた。

「本当はそうじゃないんだろうッ！」

そう叫ぶ声に、チカダはびっくりして立ち止まり、賢を見上げた。その動作はたよりない子供のように見えた。チカダは、不条理にさらされたあげく、何が正しいのか見えなくなっているのではないか。自分がネコの足を切らねばならなくなった、あのときのように、何かに追い詰められたのじゃないのか。賢はたまらない気持ちになる。チカダのつまらない虚勢が、この後も続く彼の長い人生を、どんどん狂わせていってしまうようで、怖かった。無防備に見上げているチカダの目に、あのネコの足を押しつけてやりたい。彼の恐れていることを全部吸い取ってやりたい。チカダ、引き返せ。まだ方法はある。その方法は、賢にもわからなかったけれど、心の中で切実にそう叫んでいた。

そんな賢の気持ちをチカダはどのように受けとったのか、見上げていた首をゆっくり横にふってみせた。それはあきらめた人の顔のようだった。賢は、チカダが校門に向かってまた歩きだすのを、じっと見つめるしかなかった。

まだ見ている生徒たちを残して、賢が一人教室に戻ると、阿部さんが自分の弁当箱を両手で握りしめていた。ただならぬ様子に、賢は思わず、

「それ、どうするの？」

と聞くと、阿部さんは、見たこともない冷たい表情で、

「これ、アイツにぶつけてやる」

と言ったので、賢はあわてて、その弁当箱をひったくった。中は空で、仕切り板がカラカラ鳴った。

「そんなことしたら、チカダにやられたこととおんなじことを、今度は学校中からされるんだぞ」

賢がそう言うと、阿部さんは黙って床を見つめたが、気持ちの方は煮えたぎっているのが、外からでもわかった。

「オレ、見てたから、わかるよ」

賢のコトバに、阿部さんはハッとしたように顔を上げた。

「おまえ、よくがんばってたよ」

そう言われた阿部さんの目から、みるみる涙が吹き出してきた。廊下にいた生徒たちがぞろぞろ教室に入ってきたので、賢と阿部さんは、あわてて何もなかったように体を離し、それぞれの机に戻った。賢は阿部さんの弁当箱を持ったままだった。阿部さんは、あふれだした涙を止めるすべがないらしく、うつむいたまま静かに泣いていた。賢はそんな阿部さんに弁当箱を返せず、黙って青いチェックの布カバンに押し込んだ。

家に帰った賢は、弁当箱を念入りに洗った。阿部さんのものだから汚いというわけではない。今までの苦労をねぎらってやりたい気持ちだった。他人のものが、自分の家の台所のカゴに伏せてあるのはヘンな感じがした。突然、仲間外れの弁当箱に、中身を入れてやらねばと、賢は思った。

母親が寝てしまった夜中、賢は阿部さんのために弁当をつくった。そんなものをつくるのは初めてだったので、玉子焼きもウインナーも焦《こ》げてしまい、出来上がったのは見るからにまずそうだった。賢は何か納得がゆかず、考えた末、海苔をネコの形にハサミで切って、白いゴハンの上にはりつけた。ネコの目も切り抜いた。黒ネコがこちらを見ている。なかなかの出来だった。こうなると、凝り性の賢は、もっと何かやりたくなって、さらに海苔を切り刻み、「ネコはいつもみている」という文字まではりつけた。阿部さんには、何のことかわからないだろうが、「NかZ」という文字もつけて、賢は満足だった。

賢はいつもより早く家を出たので、教室には誰もいなかった。阿部さんの机に、昨晩つくった弁当を押し込むと、逃げるように外に飛び出した。

中庭で、登校途中で買ったパンを食べていると、賢は自分がとんでもない異常者のように思えてきた。あんな弁当をつくったことを、もし阿部さんがみんなにしゃべりでもしたら、と考えるとぞっとする。自分でも説明のつかないエネルギーに押されてやってしまったことに、激しく後悔した。悪い予感が次々と頭に浮かび、パンが喉《のど》に詰まった。牛乳で流し込んでも、イヤな感じはぬぐえなかった。

阿部さんは、弁当を見つけてもさほど驚いた様子をみせなかったが、それを持ったとき「えっ」という顔で賢の方を見た。賢は何ごともない、という顔で前を向くしかなかった。昼休みになると阿部さんは弁当箱を持ってどこかへ消えてしまったので、食べたのか捨てたのかわからなかった。阿部さんは、授業が始まると、弁当のことなどなかったように、いつもと同じ顔でつまらなそうに、ボールペンをくるくる回していた。賢が懸念《けねん》するようなことは起こりそうもなかった。

冬休みの前になると、クラスは、チカダに足を切られた女子が、地元のアイドルグループに選ばれた話で持ちきりになった。しかし切りつけたチカダのことは話題にものぼらなかった。誰かが思い出してそのことを言うと、そんなこともあったよねぇ、とわずか三ヵ月前のことなのに、懐《なつ》かしそうに言う。

目の前にいない者は、この世にいないことと同じなのだろう。チカダは学校をやめた後、施設に入れられたのか、転校したのか、誰も知らなかった。

阿部さんは、なぜかどんどん痩《や》せてゆき、前の三分の二ぐらいの大きさになっていた。友人が二人できて、弁当はいつもその仲間と食べるようになっていた。

賢は、カバンづくりに凝り、三つ目の自信作を使っていた。ネコの足を縫い込むことも、どんどん上手になり巧妙になっていった。もう誰にも見つけられないだろうと思われた。

クリスマス直前、街で私服の阿部さんに声をかけられた。きれいな青色の手編みのセーターの襟元から、花柄のブラウスの襟をちらりと見せていた。阿部さんは賢を追ってきたらしく、息を切らしていた。

「あのさ、あのさ」

阿部さんは息を整える。

「お弁当に書いてあった、NかZって何？」

賢は、弁当のことなどすっかり忘れていたので面食らったが、自分の非常識な行動を思い出し、とりあえず謝った。そして、それはネコの名前だと教えてやった。阿部さんは、まだまだ知りたい顔をしていたので、ファストフード店に場所を移し、思い切って、チカダとネコの足の話をして聞かせた。

静かに全部聞いていた阿部さんは、

「そのネコの足、まだあるの？」

と聞いた。

「見たい？」

と賢が言うと、阿部さんは「うん」とうなずいた。

言ってしまってから後悔したが、阿部さんの期待に満ちた顔をみると、やっぱり見せないとは言えなかった。賢は、カッターを取り出し、カバンの裏地に縫い付けた糸を切り始めた。

「こんなところに隠してあるんだ」

「うん」

糸を切りながら、まだ心のどこかで、本当に見せてよいものか、迷っていた。

賢もネコの足を見るのは久しぶりだった。カバンからゴロンと飛び出したそれは、あの精巧なネコの足とはほど遠い、同じぐらいの大きさの消しゴムだった。

賢は、驚きで顔が白くなっていくのが自分でもわかった。たしかに、ここにネコの足を入れたはずだった。カバンの縫い目も、自分が縫ったものに違いなかった。誰が、何のためにすり替えたのか。心臓の鼓動がものすごく速い。

「たしかに、ここに」

賢がきれぎれにそう言うと、様子をじっと見ていた阿部さんは、

「取り返しにきたんだね」

と冷静な声で言った。

「ネコが？」

と賢は、自分でもびっくりするぐらい間抜けな声で聞き返した。

「だから、そのネコを所有している組織がだよ」

賢は、考えてもいなかったことを阿部さんに言われて呆然となる。あのネコに組織？　何のために？

「理由はわからないけれど、そんな精巧なものは、世の中に出ちゃダメなんじゃない？」

阿部さんの言い分は、とても筋が通っているように思えた。

「本当に、ネコの足、そっくりだったんだ」

言い訳するように言う賢を、さえぎるように阿部さんは断言した。

「私は、全部信じるよ」

阿部さんは、そう言って、自分のスマホを出してきて、賢に見せた。待ち受けの画面は賢のつくった弁当だった。

「これさ、もったいなくて食べられなくて、まだ冷凍庫に置いてあるんだよね」

液晶の画面を見ていると、賢は弁当をつくった夜中のことを思い出した。ヘンな情熱の夜だった。

「ウインナーとかさ、ていねいに切り目が入っていてさ。海苔の角とかも、ピンッとなってて、私さ、こんなに手を尽くしたモノに見られてるんだと思うと、世の中のこと、ちょっとは信じてもいいのかなって、思えてくるんだよね」

阿部さんは、もう飲み物が残ってない氷だけのプラスチック容器をストローでずずっと吸い込んだ。

「ネコの手はなくなっても、ずっと見ていると思うよ、ＮかＺはさ」

阿部さんが、当然のようにＮかＺと呼んでいるのを聞いて、賢はやっぱり、あのネコは本当にいたんだと思った。

「弁当箱、投げつけなくてよかったぁ」

阿部さんは、のびのびとした声で、賢にそう言った。そして、しみじみと、

「チカダにも、NかZ、いたらよかったのにね」

とファストフード店の窓から草むらを見ていた。


その後、賢は一度だけNかZを見た。なんとか第二志望の大学に入ったものの、いざ大学生になってみると、いかに要領よく単位を取るか、ということにしか情熱を持てず、後はぐだぐだした日常を送っていた。

安い居酒屋で、粘りに粘るも夜中の三時頃追い出され、友人と別れて一人夜道を歩いていると、道の真ん中にそいつはいた。切ったはずの足は元通りになっていたが、毛の色や赤い首輪は、NかZに違いなかった。近づいても逃げようとしなかった。

賢が足をつかむと、NかZはされるがまま自分の足を差し出した。毛をより分け、切ったあたりを見ると、切り離された足が丁寧に縫い付けられていた。それは、機械では到底できない、細かな手仕事に違いなかった。阿部さんのコトバを思い出す。

「私さ、こんなに手を尽くしたモノに見られてるんだと思うと、世の中のこと、ちょ

っとは信じてもいいのかなって、思えてくるんだよね」

ネコを持つ賢の手がゆるむ。その瞬間、ＮかＺは、賢の手をすり抜け、ものすごい勢いで暗い道に向かって消えて行った。

突然、もう一度カバンをつくりたい衝動が賢を突き上げてきた。できるだけ丁寧につくられた、何年も何年も、その人の人生を見続けるような、そんなカバンを。

賢は少し酔った頭で夜空を見上げた。月を見ているうちに何かを決意するのには、うってつけの夜だと思った。自分のつくったカバンがＮかＺになるのだ。時間をかけ手を尽くしたモノたちを、この空にときはなつ自分を想像する。それらはすべてを沈下させ、しんとしたこの澄んだ夜の空気のようにしてくれるだろう。そうだ、そんなカバンをつくろう。今、この場所に導いてくれたチカダのためにやれることは、もう、それしかないような気がした。

め え

Me-e

　そのフルーツパーラーは三階にあり、通りに面した窓はすべてガラス張りだったので、駅から吐き出される人たちを見下ろすことができる。そんな場所で、友子は二千円の洋梨パフェを食べていた。駅前では、自分と同じぐらいの年齢の女性が、量販店で四九八〇円で売っているオレンジ色のダウンジャケットからチェックのネルシャツをはみ出させ、両手にこれでもかというほどの荷物を持って、バス停に向かってよたよた歩いてゆく。あんな年寄りにならなくてよかったと、友子は心底思う。ローンの終わったマンションと、夫が残した預金に株券、夫の実家をつぶしてつくったワンルームマンションの家賃、それに遺族年金。七十六歳の友子が一人気ままに暮らすには充分だった。

「ちょっとおもしろそうやと思わへん？」

向かいにすわっていた、キリエさんにのぞきこまれ、友子は「そうやねぇ」とあいまいに笑った。ちょっとしたアルバイトをしないかとキリエさんは言ったのだ。認知症の徘徊《はいかい》老人の真似《まね》をするだけで十万円払うという。友子が十万という金額に驚いていると、キリエさんは「映画の仕事やもん」と、友子に向かってうなずいた。

「役者さんやったらあかんねんて、リアルやないから。監督はドキュメンタリーみたいな映像にしたいらしいねん。カメラもどこにおるかわからへんぐらい遠くにおるらしい。そやから現場は、緊張とか全然せえへんと思うよって監督がゆうてた。おもしろそうやと思わへん？　私がやりたいわってゆうたんやけど、あんたは年齢的に無理やって言うんよ」

キリエさんは、もう六十近いのにねと不満そうに言うが、目が大きいせいか若くみえる。今日みたいに片方の肩がむき出しになったブラウスを着ているのを見ると、テレビに出てるタレントのようだった。

急に映画の仕事と言われても、友子にはイメージがつかめない。

「何着たらええかわからんし」

と言う友子にキリエさんは、そんなこと心配いらんてと笑った。

「映画やもん、ちゃんとスタイリストさんがいて上から下までそろえてくれはるにきまってるやん」

スタイリストというコトバに、友子は少し背筋がのびる。そのことがキリエさんにばれないよう、何事もない顔で水を飲む。

「そうなんや。スタイリストさんまでつけてくれはるんや」

「そりゃそーやわ、映画やもん」

だったら十万円という金額は妥当なのかもしれないと思えてくる。

窓の下では、仕事を終えた人たちが、ヒモがほどけたように次の場所に向かって歩いていた。友子もこの店を出たら、デパートに寄って惣菜をいくつか買い、家に帰るつもりだった。御飯は朝炊《た》いたのがあるし、インスタントの味噌汁《みそしる》もまだ残っているはずだ。友子は、それが惨《みじ》めだとは思わない。御飯は高級炊飯器で炊いたものだし、味噌汁だって通販で買った一食二八〇円もする体にいいものばかりで作られたものだからだ。でも、それが一体何なのかと、ふと思う。

高級とか、体にいいとか、本当はそんなことどうでもいいことなのではないか。先週買った真っ白なカシミアのショートコートだって、本当は店員がほめるほど年老いた自分には似合っていなかった。デパートの惣菜をマイセンの皿にのせても、本当をいうとコンニャクはコンニャクだった。一人で御飯を噛《か》んでいると、「本当は」というコトバが次々と頭の中に浮かんでは消える。その向こうにある「むなしい」というコトバがちらちら目に入る。友子は、それを真っ正面から見たくない。そのための知人との会食であり、エステの予約であり、ホットヨガであり、書道教室であり、ときどき発作のように起こるデパートやセレクトショップでの乱れ買いだった。

「やってみようかな」

と友子が言うと、キリエさんは「ほんま？ よかったぁ」と本当に嬉《うれ》しそうな顔をして、小さく手をたたいた。

その三日後、友子の自宅に衣装が宅配便で送られてきた。箱から衣類を引っ張り出すと、絶対に自分では買わないような、星模様のピンクのパジャマに、上からすっぽりかぶる、幼稚園児が着ているスモックのようなものが出てきた。スモックは鈍い赤色で、リンゴと音符のアップリケが縫い付けられている。友子は、それらを細かく点検しながら、私、ほんまにやるんやと思った。

中にはメモが入っていた。これらをずっと着用して、当日は着古した感じにしておいて下さいとある。映画ってこんなことまでするのかと、友子は感心した。本番の日時とロケ現場の詳しい地図も入っていた。その地図にあるマンションから出てくる男性に声をかけるという段取りだった。友子が声をかけるべき男性の写真も入っていた。がっしりとした体型の中年で、笑った顔はちょっと傲慢《ごうまん》な感じだ。友子は見たことはないが、きっと売れない役者なんだろうと思った。この人もたぶん、十万円で雇われたのか、と思うとなぜかライバル心がわいてきて、この人よりいい芝居をしなくては、という気持ちになってくる。こんな気持ちは久しぶりだった。自分の役は、出てきたこの男にしつこく付きまとうというものだ。男は友子を邪険に追い払い、逃げるように駅の方へ去ってゆく、とメモには書いてあった。

メモを持つ、うすい紫色に塗った自分の爪《つめ》が目に入り、あわてて除光液を探す。爪は短く切ってしまった方がいいかもしれない。本番の日までに少しのびるだろう。ベランダの植木をいじって爪の間に土を入れるのもいいかもしれない。髪は後ろに輪ゴムでとめよう。髪質は、もっとパサパサの方がよくないか。しばらくはコンディショナーをつけるのはやめることにする。

友子は徘徊老人になることに熱中した。この感じはどこか懐《なつ》かしかった。小学校のころ習っていたバレエの発表会のようだった。誰かに見られるなんて本当に久しぶりだ。どこかで見ているカメラ。そしてその映像はコピーされて、全国の映画館のスクリーンに映し出されるのだ。もしかしたら、ここでよい仕事をしたら次も頼んでくるかもしれない。

　頑張ったり、叩《たた》かれたり、褒められたり、足をひっぱられたり、有頂天になったり、悔しかったり、そんな時間があったことを、友子はすっかり忘れていた。そして、あーそうだ、これが本当の生活だと思った。

　本番は、あっけないほど簡単に終わってしまった。メモにある通り地下鉄に乗って、指定されたトイレで徘徊老女の衣装に着替え、そこから芝居をスタートさせた。うつむいてふらふら歩き、男が出てくるはずのマンションの前で、ただじっと待つ。思ったより長い待ち時間で不安になるが、カメラで撮っているかもしれないので、素の自分に戻ることもできず、カメラを探すこともできない。不安そうな老人の顔をつくったまま立っていたら、写真の男がマンションのエントランスから出てきた。約束通り友子が近づいてゆくと、男はギョッとした顔で立ち止まり、あたりを見回した。このひと、思ったよりうまいかもしれない、と友子は身構える。

「えっと――」

　男は、本当に困ったように友子を見たり、マンションの上の方を見たり、せわしなく体を動かしている。

タイミングをみはからって、友子が男の腕にすがりつくと、男は「うわッ」と跳びはねて友子の手を振り払い、逃げようとする。男になおもすがりつくと、タクシーを停めて去って行ってしまった。それは、メモには書いていない展開だった。

友子は芝居ではなく呆然《ぼうぜん》となったが、次にやるべきことを思い出し、とぼとぼ駅へ向かった。指定されたトイレで着替えて家に帰った。後は、使った衣装やメモなど、送られてきた物の全《すべ》てを箱に詰めて、宅配便で送り返すだけである。友子は、コンビニで発送手続きをすましてしまうと、本当にあれでよかったのだろうか、と不安になる。現場で誰かに会ったわけでも、指示があったわけでもないので、本当にあれを撮っている人間がいたのかどうかさえ、わからないことに気づいた。

友子は、夜道を歩く自分の足元を見て、息をのんだ。赤い色に金のラインが流れるように入ったデザインのスニーカーで、ヒモは黒と金の細かい格子模様になっている。とても凝ったつくりで、三万円ぐらいしただろうか。去年、キリエさんに温泉に誘われた時けっこう歩くみたいよと言われ、いきつけのセレクトショップですすめられるまま買ったものだった。履いてみると本当に楽で、気がつけばちょっとコンビニに行ったり、ゴミ捨てにと使っていた。きっと玄関に出しっぱなしになっていたんだわと思う。何か取り返しのつかない、後ろめたい気持ちになる。

そう思っていたら、キリエさんから電話がかかってきた。キリエさんは、とても興奮していて、

「監督さんがね、すっごくいい画《え》が撮れたって、ごっついよろこんではったわ」

と声を弾ませていたので、友子は、ようやくほっとして、仕事を終えた気持ちになる。遠くにあるカメラでは、靴は映らなかったのかもしれない。

「今から、友子さんの家に行ってもいい？　ギャランティも預かってるし」

キリエさんは、バイト代のことをギャランティと言った。

「いいって、お金は次に会うときで」

友子はそう言ったが、本当は今日のことを誰かに話したくてしょうがなかった。

「編集前に見せたらアカンって言われてるねんけど、今日撮った作品のＤＶＤ預かってきてるんよ。一緒に観《み》いひん？」

キリエさんに、作品と言われて、友子は少し舞い上がる。そして、やっぱり本当にカメラは回っていたのだと、あれだけ不安だった気持ちが、いっきに甘い喜びに変わってゆくのが自分でもわかった。

キリエさんは、それから三十分も経《た》たないうちに家にやってきて、玄関で靴を脱ぐなり友子に水色の封筒を差し出した。友子が中をみると新札の一万円がおそらく十枚、

ちょっとした厚紙のようにきっちり重なっていた。

キリエさんは、勝手にリビングにあるブルーレイプレイヤーを開き、持ってきたDVDを押し込んでいる。紅茶を用意していた友子も、あわててプレイヤーの前に陣取り、モニターを凝視する。

キリエさんが再生ボタンを押すと、画面が白くなり、手書きの文字、＃7とか日付とかがあらわれ、突然、車が何台も通り過ぎる映像が始まった。今日、友子が歩いた通りに違いなかった。キリエさんが、「あッ、これ」と声を上げる。歩道にある地下鉄の入口から、スモックを着てよろよろ出てきた老女はたしかに友子だった。道路をはさんだ向こう側にカメラはあったのか、と友子はいまさら気づく。大丈夫、これなら足元は見えていない、と友子はほっとなる。

「すごい、すごい、友子さん、ほんまもんのお婆《ばあ》さんみたい」

「本当にお婆さんよ。もう七十六よ」

「七十六には見えへん。六十八ぐらい？」

実は友子もそう思っていた。でも、モニターの中の自分は完全にお婆さんで、顔が膝《ひざ》にひっつきそうなほど腰が曲がっていた。

やがて男がマンションから出てきて、老女がその手にすがりつくシーンになると、キリエさんは手をたたき、「受けるわぁ」と涙を流して笑った。それにつられて、友子も笑ってしまう。遠くから見ても、男の顔が恐怖で引きつっているのがわかる。もしかしたら有名な俳優さんなのかもしれない。老女は男に手を振り払われ、去ってゆくタクシーを恨めしそうに見つめている。本当は、違う展開に呆然としているだけだったのだが、映像で見ると、そうとしか見えなかった。全部で三分ほどのシーンだが、使われるのは、さらにもっと短いものになるだろうとキリエさんは言う。

「ねぇ、もう一回見てもいい？」

キリエさんは、友子の返事を待たずに、再生ボタンを押す。二回目は、カメラの位置について、三回目は友子の芝居について、四回目は友子の髪形や衣装などの細かい部分について、どちらか一方が説明して、それを聞いて大仰に驚くという、テンションの高い会話をいつまでも続けた。本当は寝る時間だったが、友子はこのままずっと話し続けていたい気分だった。

「そうそう、忘れてた」

キリエさんは、黒い紙袋から、これまた黒い箱を取り出した。

「これ、プロデューサーさんからのお礼」

キリエさんが、箱からそぉっと四角いガラスの容器を取り出す。中に水がなみなみと入っていたので、友子は驚いた。その水の中に、赤い金魚が一匹ひらひらと泳いでいた。

「金魚？」

と友子はちょっといやそうな顔になる。生き物を飼うのは面倒だからだ。

「これはね、電子金魚」

キリエさんが、水の中から取り出して見せると、金魚は体をくねらせピチピチといきおいよく跳ねた。

「本物みたいでしょ？　でも違うの。これはね、充電式の金魚」

キリエさんが、自分のハンカチで金魚を丁寧に拭《ふ》いて、腹の部分を見せると、四角い切り目が入っていた。そこを開けると、ＵＳＢ端子で充電できるようになっている。キリエさんが付属のコードでコンセントにつなぐと、床の上に置かれた金魚はおとなしくなり、白かった尻尾《しっぽ》の部分がぼんやりとした赤色に変わった。「これが緑になったら充電完了なの。ケータイとおんなじ。ね、世話がかからなくていいでしょう？」

金魚は、すでに充電されているらしく尻尾はすぐに緑色になった。

「友子さんも、やってみる？」

とキリエさんに言われ、こわごわ金魚を手に取る。何でできているのか、ぬめっとした感触は本物の金魚のようだった。しかし、よく見ると、それは人の手でウロコまでひとつひとつ彩色されたものに違いなく、蒔絵《まきえ》のような細かい仕事で、もしかしたら名のあるアーチストの作品かもしれない。

友子が金魚の腹からコードを抜き、蓋《ふた》をカチッと元に戻すと、それが合図のように尻尾は白くなり金魚はまた体をひねって跳ねだした。

「こんな高そうなもん、もらえないわ」

と友子は言ったが、水の中に入れたとたんまるで生きているように、すーっと泳いでゆく姿を見ると、欲しくてたまらなくなった。

「友子さんやったらわかると思た。そーなんよ、ものすごく高いもんなんやって。だから、誰にでもあげるわけにいかへんやん」

本物だと気持ち悪いと思っていた金魚なのに、偽物《にせもの》だとわかると、ひらひら舞うヒレや尻尾も愛らしく見えてくる。

金魚なのに、人間みたいな目でじっと友子を見る。

「この子、めぇで何かうったえてるみたい」

友子がそう言うと、「この家《うち》に居たいわぁゆうてるんとちゃう？」とキリエさんは笑う。

金魚はヒレや尻尾を必死に動かしながら、友子をじっと見つめていた。

「本当にもらっても、いいのかしら」

「そのために持ってきたんよ」

キリエさんは、金魚の入っていた紙袋や箱を折りたたみながら、ついでに自分の持ち物もカバンに詰め始める。

「もう帰ってしまうの？」

「ごめんね、遅くまでお邪魔して。本当はもう寝ている時間でしょう」

キリエさんは、ブルーレイプレイヤーからDVDを引き抜き、それもカバンに詰める。

「作品になったヤツは、後日送るね」

キリエさんは玄関で靴を履きながら、そう言った。そして出てゆく直前に、ちょっと怖い顔になって、

「金魚、充電やめたり、捨てたりしたらアカンよ。大変なことが起こるかもしれんし」と早口で言い、その後、いつもの顔で、

「じゃあ、またね。今度はランチやね。シャンパンで祝杯あげよう」

と明るく言うと外へ出て行った。

誰もいなくなった玄関で友子は、金魚のいるリビングの方を振り返る。金魚が一匹、優雅に泳いでいる。キリエさんの、あの一瞬の表情は何だったのだろうと、友子は少しいやな気持ちになったが、紅茶茶碗《ぢゃわん》を洗って、シルクのパジャマに着替えるころには、そんなことは忘れてしまった。

朝食の後、食器を食洗機に突っ込み、洗濯機を回し、掃除機をかける。こうやって、いつもの家事をやっていると、キリエさんと映画撮影のことで盛り上がったことが本当にあったことだったのかと思う。夫の仏壇には、キリエさんからもらった十万円が袋に入ったまま供えてあった。金魚は、思ったより世話がかからなかった。ケータイを充電する時に、一緒に充電するので、電池切れということもなかった。充電をしなかったら大変なことが起こるとキリエさんから呪文《じゅもん》をかけられ、少々びびっていた自分がおかしい。

ひと仕事終えて、レモンケーキ片手にダイニングテーブルで新聞を開いた友子は、凍りついたまま動けなくなった。目に飛び込んできたのは、自分が老女になってすがりついた、あの男の顔だった。フラッシュを浴びて、神妙な顔で頭を下げている横顔は、あの男に違いなかった。

記事を読むと、男は市会議員だった。ここ何年かは、高齢者の介護の問題に力を入れてきたとある。その市会議員の男が、認知症と思われる徘徊中の高齢の女性に話しかけられたにもかかわらず、保護することなく、その手を振り切って立ち去ったとある。その様子は監視カメラに撮られていて、何者かがネットに投稿したことで問題になったらしい。友子は読むのももどかしく、あわててテレビをつける。ワイドショウは、この市会議員の話題で持ちきりだった。男が出てきたのは愛人のマンションだったこと。そして、保護しなかった認知症の女性が、近くの川で溺死《できし》体《たい》で発見されたことを、模型を使いながらこと細かく説明している。橋から誤って落ちたらしいという話だった。

川で溺死した老女は、友子とは全く似ていなかった。しかし、監視カメラが捕らえた姿と全く同じ物を身につけていたらしく、テレビは当然のように同一人物として伝えていた。

友子は、キリエさんに電話をしようとケータイを開いた。しかし、そこにはキリエさんからの着信履歴やアドレスはなかった。衣装を送り返した宅配便の控えも、財布に入れたはずなのになくなっていた。友子は立っていられず、思わず腰をおとした。

キリエさんなんて、本当はいなかったのだろうか。彼女とどこで出会ったのか。必死に思い出そうとするが、たとえ思い出せたとしても、それが本当にあったことなのか、自信がもてない。

そうだ、温泉に行った時の写真があるはずだと立ち上がる。写真はキリエさんにもらったままの透明の封筒に入った状態で引き出しの中にあった。しかし、写っているのはどれも自分が知らない女性と親しげに笑っているものばかりで、友子はひえっと声を上げて写真を床にほうり投げてしまった。

どんどん自分の記憶があやふやなものになってゆく。でも、と友子は電子金魚に目をやる。あれはキリエさんが置いていった金魚だ。あの時はかわいいと思ったのに、今見ると何も見てないような丸い「めぇ」でじっとこちらを見ていた。仏壇に供えた封筒は水色の無地で、どこにでもあるようなものだった。さかさに振ると、本物の一万円札が、ひらひらとリビングに舞い落ち、自分がやったことは本当のことに違いないのだと、友子は絶望的な気持ちになる。

テレビでは、老女が溺《おぼ》れた川を延々と映していた。そこを行くレポーターが偶然、何かを見つけたようだ。溺れた女性が履いていた靴なのでしょうか、とレポーターの声は興奮している。それは、カカトの部分が踏みつぶされた、スニーカーの片方だった。この人は靴ヒモを結んだまま使用していたのだと友子は思う。ヒモの部分は黒ずんでいて、たっぷりと水を吸い込んでいて、どうやっても解けそうには見えなかった。友子は靴屋に教えてもらったとおり、カカトの部分を踏んでぺちゃんこになんかしない。靴ヒモも毎回結び直し、雨の日に履いたときは、から拭きをする。何年履いても、友子のスニーカーはこの河川敷に落ちていたようなひどい状態の靴にはならないと思った。

だから――。だから、この人は死んで当然だったのだろうか。どう考えても、この人の溺死は偶然ではない。そして、このことは間違いなく自分がかかわっているのだ。

友子は一人だった。今まで、何度もそう思ってきたが、それでもまだどこかで誰かとつながっていたような気がしていた。今は、全くの一人だった。私は十万円で、とんでもない場所に来てしまった。そのことを伝える人さえ、今はいなかった。

キリエさんとランチを約束した日、もしかしたら、というかすかな希望を抱いて出かけた。住宅街にあるイタリア料理店は、とてもわかりにくい。看板を上げていないので、常連客以外は店だと気づかない。友子はすでに数回来ているので、臆《おく》することなく扉を開けると店内は満席だった。風船や花が飾りつけてあり、天井から色とりどりの三角の旗がぶら下がっていた。あわてて戸口にやってきた店員が頭を下げる。

「申し訳ありません。本日は貸し切りでございまして」

友子は、キリエの名字を出して、予約が入っているはずなんだけどと言った。後ろでは、運ばれてきたケーキを見た客たちの歓声が上がり、友子は声を張り上げて説明する。店員は、「はぁ」と曖昧《あいまい》に笑い、それでもノートを開いて調べてくれるのだが、キリエの名前はなかった。自分が日を間違えたのかもしれないと友子は食い下がる。他の日に予約しているかどうか見てちょうだい、と頼み、店員はページをめくってゆくが、どこにもキリエの名前はなかった。

「そういう名前の方は存じあげないんですよねぇ」

と店員は首をかしげる。

「そんなバカな話、あるわけないでしょッ」

と友子はつい大きな声を上げる。

「先月、キリエさんとここで食事したんですから」

友子はあわてて、自分のスケジュール帳を開けて店員に見せる。そこには、この店の名前の下に「キリエさんとランチ」と書かれてあった。それを突きつけられた店員はしかたなくノートをさかのぼってめくるが、その日付にもキリエの名前はなかった。

「すみません。私の記憶では、そういう名前のお客様はいらっしゃらないと思うんですが」

そう言われ、友子はもう何を言えばいいのか思いつかなかった。後ろで、「ハピバスデイ・トゥー・ユー」とみんなが歌い始める。友子には、全てがウソくさく見えた。風船も三角の旗も歌も店員の笑顔も。友子は頭の中では家に帰ろうと思うのだが、でもその後、自分はさらに途方にくれるだけだとわかっていたので、このまま引き下がるわけにはゆかなかった。キリエが実在しないなら、自分は何なのだ。

「ほら、あそこ」

友子はピンクのワンピースを着た女の子を指さした。

「私、いつもあそこに座ってたじゃないですか」

必死の形相をした友子に指さされた女の子は、恐怖を顔に浮べこちらを見ている。気がつけば、誕生パーティーの客たちは、黙って友子と店員を見つめていた。

店員が客たちに頭を下げ、友子を外へ連れ出そうとする。まるで、みんなの目から隠すように。自分を追い出してしまえば、そんなものは最初からいなかったかのように、再生ボタンを押したかのように、パーティーの続きが始まるのだろう。若い店員に強い力で腕をつかまれ、友子は体の芯《しん》から怒りがこみ上げてくる。

「さわらないで！　私は客ですよ、何でそんな仕打ちを受けなきゃなんないんですかッ！」

友子は店中に響きわたる声で叫び、目に涙をためていた。

交番で息子の英雄が来るのを待っている間、巡査は友子にお茶を出してくれた。自分用の携帯ポットから紙コップに注いでくれたらしく、ぬるかった。結局、店員は警察に連絡して、友子はここに連れて来られたのだった。店員の話の方に筋が通っており、友子の加齢による錯乱だろうということに落ちついてしまった。

友子には二人の息子がいて、一人は遠方に住んでおり、今来ようとしているのは弟の方で、車で三十分ほどの場所に住んでいる。

友子は意を決して、息子が来る前に、こうなってしまったいきさつを巡査に話した。映画撮影のアルバイトの話、その後、それにあわせたように河川で老女が亡《な》くなった話。巡査は穏やかな顔でうなずきながら聞いていたが、友子の話を信じていないことはその表情を見ればわかった。それでも友子は必死に訴えた。

「私のせいなんです。私があんなバイトを引き受けなかったら、あの人は今も生きていたはずなんです。あんな、あんな――」

友子の頭に、テレビで見たスニーカーがよみがえる。ぐっしょり濡《ぬ》れた黒ずんだ靴。

「あんな、ゴミみたいに、みじめに殺されずにすんだはずなんですッ」

友子は、自分がずっと言えずにいたことを吐き出して、そうか自分はこのことにひっかかってたのかと思った。

「関係妄想ですわ。川の案件は、あなたのせいじゃないし、そもそもアレは事故として処理されているし」

「わかってます。でも私のせいなんです」

友子は何度も繰り返す。

「そもそもキリエさんという人も実在してないみたいだし」

「してます。一緒にゴハンも食べたし、お茶も飲んだし、家にも来たし、本当なんです。おまわりさん、信じて下さい。温泉だって一緒に――」

友子は、そこまで言って絶句してしまう。自分が知らない女性と笑っている写真を思い出したからだ。何を言っても無駄だということは、すでに友子にもわかっていた。巡査は辛抱強く友子の話を聞いてくれているが、どれも信じていなかった。自分がもっと若ければ信じてもらえたのだろうか。それとも、本当に自分は、みんなが思っているようにボケてしまったのだろうか。

英雄がやって来て、ようやく友子は帰ることが許された。車の運転をしながら息子

は、

「会議の途中で電話が入ってん」

と言った。友子が黙っていると、

「まいったなぁ」

と素《す》っ頓狂《とんきょう》な声を出し、その後低い声で、

「どうすべぇ」

と言った。

友子は認知症の疑いあり、ということになっているようだった。明日、ちーちゃんが母さんを病院へ連れてゆくからと英雄は言った。

「ちーちゃんって誰?」

友子が言うと、英雄は一瞬コトバを失って正面を見つめていたが、

「オレの嫁さんやん。チエコのこと忘れたんか」

と言った。

「あー、チエコさんのこと?」

「他に誰がおるねん」

息子の声は、どんどん尖《とが》ってゆくように友子には聞こえた。

「まいったなぁ」

英雄は、さっきより深刻な声でそうつぶやいた。

翌日、チエコに連れてこられた病院で、友子はいやになるほど何度も同じようなことをやらされた。

「猫、毬《まり》、電車」というコトバを覚えて下さい。では百から八ずつ引いてゆきましょう。一生懸命計算していると、その答えはどうでもよいことだったらしく、さっき覚えた三つのコトバを言って下さいと突然言われる。

「猫、毬、電車」

家に帰って風呂《ふろ》に入っているとき、ふいにそんな無意味なコトバの羅列が口をついて出る。

今のところ認知症ではないと思われますが全く疑いがないとは言い切れない、というのが医者の診断だった。嫁のチエコはスマホで医者の説明を録音していた。後で夫に聞かせるためらしいが、医者はそのせいか、煮え切らない様子で、同じようなことを、考え考え説明していた。

なんのことはない、自分たちが安心したいためだけじゃないかと、友子は思う。イ

ボロゲカ

タリア料理店の店員も、巡査も、息子の英雄も、英雄の嫁のチエコも、医者も、責任を持てる人へ、ババ抜きのババのように私を誰かに押しつけてゆき、結局、一人暮らしをしていた家に戻されただけじゃないかと、友子は思う。つまりは、自分はババだったのだ。ここ何日かの出来事で、そのことを認めざるを得なかった。自分はこの世からはみ出た、そういう存在だった。これが現実だとしたら、その前の暮らしは何だったのだろう。あっちがウソだったということだろうか。

風呂上がりにリンゴジュースを飲んでいると、ふと、友子は視線を感じた。誰もいるはずのないリビングで、誰かが見ている気がする。友子が振り返ると、キリエが置いていった金魚と目があった。丸い「めぇ」で友子を見ている。キリエがいたことを、友子自身、確信が持てなくなっていたのに、その証拠がここにちゃんとあることに驚く。しばらく充電していなかったことを思い出し、友子は金魚をすくい上げる。イタリア料理店や交番や病院での出来事は本当にあったことなのかと思うほど希薄なのに、友子の手のひらに載る金魚は、本当に生きているとしか思えない動きで、ぴちぴちと身をくねらせている。

一瞬、これをあの巡査さんに見せたら信じてくれるかしらと思ったが、とうてい無理だろうと考えなおす。もう、あんな目にあうのはごめんだ。キリエさんのことも、映画のことも、川の老女のことも、なかったことにしよう。それは、自分とこの金魚だけが知っていて、それだっていずれ忘れてしまうだろう。そうしよう。

充電を終えた金魚を水にはなすと、金魚は昔から住んでいる家に戻ったように、何にもとらわれず、すいすい泳いでゆく。私も元の自分に戻ろう。ホットヨガや書道教室の友人とランチをして、前から欲しかった濃いブルーの毛皮のついたスーツを買おう。金魚を見ていて、友子はそう思った。

三階にあるフルーツパーラーで、友子はマロンパフェを食べていた。ホットヨガの友人と別れたばかりだったが、まだ家に帰る気になれず、今月から始まった季節のパフェを食べようとこの店に寄ったのだった。

白いカバーのかかった椅子《いす》にすわり、ガラス張りの窓から、駅から吐き出される人を見下ろしていると、十五歳ぐらいの制服を着た少女が、地面にぼんやりすわっているのが見えた。手には何か書いた紙をひらひらさせていた。若い男が声をかけるが、少女はチラッとも顔を向けず無視しているようだった。男は諦《あきら》めたように立ち去ってゆく。紙に何が書いてあるのか、この窓からは見えない。見えない方がいいのだと友子は思った。キリエのことがあったばかりじゃないか、ヘンにかかわらない方がいいに決まっている。今日は早めに家に帰って、教えてもらった負担が少ないのに筋肉がつくという筋トレを試してみよう、と友子は最後の栗を口に入れた。

店を出て、地上に下りると、さっき見た少女が、人形のように足を投げ出すかたちですわっていた。罫線《けいせん》があるからノートの切れ端なのだろう、そこには今にも消えそうな薄いボールペンの字で「とめてください」と書かれていた。さっきと違って、ぐったりと首をたれて眠っている。近づくと、女の子は突然、頭を上げて友子をまっすぐに見た。うす茶色の瞳《ひとみ》が、友子の顔をとらえると、かすかにカシャッという音をたてて、瞳の中を何かが横切ったような気がした。友子は、思わず後ずさり、そのまま逃げるように、はや歩きで人込みの中にまぎれた。

しかし、家に帰る足は重かった。さっきの少女のことを考えると、気になってしかたがなかったからだ。泊めてやるべきだと思うのだが、キリエのことを思うと、喉《のど》に何かがつっかえたような苦しい気持ちになる。あの少女に何かあっても、自分には関係のない話なのだ。たとえ、次の日のニュースで死体となって発見されたとしても。

そこまで考えて、友子は吐き気で立ち止まる。川で亡くなった老女を思い出したのだ。もう少し歩けば、キリエが教えてくれた自然のものをベースにしたバスソープやバスソルトを売っている店がある。あの頃は、キリエのことを信じきっていた。どうやって、そんなことができたのか、今となっては思い出せないくらい自然なことだった。子供の頃から、人を信じることは、空気を吸うぐらい簡単なことだったはずなのに、今、あんな少女のことさえ信じることがとても難しい。ここに売っている物も、全てキリエのように、いずれ跡形もなくきれいになくなってしまうのではないか。

「あ、そうか」と友子は思う。お金をあげればいいんだ。宿泊代をあげればあの少女も助かるし、自分もこんなことでくよくよ悩むことはないのだ。

駅前に戻ると、少女は同じかっこうでまだいた。「とめてください」の紙は、すでに持っていなかった。友子は一万円札を差し出し、「これでホテルに泊まりなさい」と押しつけようとするが、少女は受け取ろうとはしない。

「それは、ルール違反だから」

と言うのだが、誰の、何のためのルールかは説明しなかった。

少女は、白く薄い靴下を、くるくると丸めてクルブシまでおろしていた。それは友子が学生のころやっていた履き方で、懐かしい気持ちになる。私の若いころ——もう誰も信じてくれそうもないが、私が若かった時間は本当にあったことなのだ。なぜなら、今、目の前に投げ出されている少女の足は、かつての自分のものとそっくり同じだから。

友子が少女の顔を見ると、笑っていた。

「おばさん、泊めてよ」

とても親しい知人のように声をかけられ、友子は気がつけば、「いいわよ」と答えていた。

「いいわよ」というのは、魔法のコトバだったのかもしれない。店にある商品が友子の目に飛び込んでくる。肉やパンや野菜の色彩の組み合わせが、これほど複雑だったのかと驚くほど鮮やかに思える。若い女の子を連れているだけなのに、まるで自分が若返ったかのように、自分には無縁にみえるものまで、いちいち覗《のぞ》き込まずにはいられない。

少女はしずくと名のり、年の離れた友子の話を聞くのが苦にならないらしく、二人は電車の中でもずっとしゃべり続けた。家に帰ってしゃぶしゃぶの用意をし、それらを食べつくし、その勢いでケーキまで食べてしまうまでの間、二人はずっとしゃべりどおしだった。たわいない話ばかりだった。しずくのクラスで流行《はや》っている遊びや漫画や本、ゲーム、友達の失敗談に化粧品やお菓子、今はどんな部活があるのかとか、週刊誌に載っているゴシップ、アイドルの話、野菜の水耕栽培に木星行きのロケットの話、どこのお米が一番美味《おい》しいのか、どんな家電があるのか、一番効率のいいダイエットは何か。

十二時を過ぎたころ、ようやく二人は眠りについた。自分のベッドの隣に敷いた客用布団《ぶとん》の中で、しずくはもう寝息をたてていた。今日あったばかりの人間と、こんなふうに眠ることが、なぜか懐かしいことのように思えた。

子供のころ、正月になると家に見たこともない人が大勢やってきては酒を飲み、泊まっていった。小学生になったばかりの友子が夜中に目を覚ますと、座布団を枕《まくら》にした大人たちが折り重なるように眠っていた。父も母も同じように死んだ魚みたいに眠っていた。外ではもうすぐ夜が明けようとしていた。正月のしんとした空気の中、友子は新しく始まろうとしている世の中に、自分もまた、その一員としてここにいるのだと思った。眠る人が側にいる。そのことがどれほど心強いことか。

友子はベッドに入るとすぐに眠りについた。目を覚ますと、夜中の三時過ぎだった。友子は、リビングの方でかすかな水の音を聞いたような気がして体を起こした。隣を見ると、しずくの布団は几帳面にきっちり畳まれて部屋の隅に積み重ねられていた。

友子がリビングに行くと、出窓が開いていて、カーテンが風で揺れていた。月夜なのか明かりをつけなくても部屋の様子はよく見える。目を凝らすと、赤い首輪をした白い猫が、金魚のいる水槽に手を突っ込んでいるところだった。友子が驚いて見ていると、猫は器用に金魚を手でひっかけ、すかさずそれを口にくわえると、開いていた出窓から、暗い外へひらりと飛び出て行った。

猫が出て行った窓に近づくと、部屋の隅に、しずくがしゃがんでいた。眠っているように見えたが、しずくの目は開いていた。

「金魚は？」

友子が間の抜けた声で聞くと、

「回収しました」

としずくは、昨夜の親しさは消え、最初に会ったときのような抑揚のない声で答えた。

「回収って？」

「カメラと録音機が内蔵されていたので」

だからキリエさんは充電しろと念を押したのかと気づき、今さらながら腹立たしい気持ちになる。あんなことをさせたうえ、さらにその後の友子の様子を監視していたのだ。

「あなた、キリエさんのこと、知ってるの？　知ってるんなら教えて。本当にいたよね、キリエさん」

しずくは、必死な様子の友子をじっと見つめていた。そして、

「それは、友子さんにとって重要なことなのですか？」

と聞いた。

全部重要なことだった。キリエも、金魚も、この少女も。それがたとえ、老女が亡くなるというイヤな記憶を呼び覚ますものであったとしても、それは友子にとって、この世の中とかかわった証拠のようなもので、ないことにして生きてゆくのはイヤだった。いいことも悪いことも、どうしようもなくかかわってしまう。それが生きてゆくということなのだと友子は思った。

友子は、せめて金魚だけでも返して欲しかった。あの死んだ老女のことを忘れないために。キリエに裏切られたことを忘れないために。今の友子には、それらの痛みだけが、生きていると思わせる唯一《ゆいいつ》のもののように思えた。

しかし、しずくはすでに出窓に足をかけていた。友子のスニーカーを履いていた。あの撮影のときに、うっかり履いてしまった赤色に金色のラインの入ったスニーカーだった。

「これ、もらってゆくね」

しずくはそう言うと、友子の返事を待たず、ひらりと下へ落ちて行った。ここは七階だったが、この少女ならそんなことは関係ないだろうと思えた。窓から見下ろすと、ちょうど白い猫としずくが、通りの角を曲がってゆくところだった。しずくがちらりと友子の方を見上げ消えて行った。とてもきれいな笑顔に見えた。

時計を見るとまだ三時半だった。水だけになった水槽の水面はもう揺れておらず、何事もなかったように静かだった。窓の外の街はまだ眠っていた。ところどころに明かりがついているのは、朝早い仕事のある家だろう。道路には、酔っ払いが投げつけたのか、何か食べ物のようなものが散乱している。友子は暗い街を見ながら、自分もまた、この街の一部だったことを思い出した。

その後、友子はあのイタリア料理店に行ってみたが、移転してしまったらしく、もう店らしいものはなかった。友子が街を歩いていると、今でもときどきあの赤いスニーカーを見ることがある。金のラインの入ったそれは、ひらひらと、あの電子金魚が泳ぐように通りを駆け抜けてゆく。ありとあらゆること、不安も恐怖も興奮も悲しみも、友子の感じたことは全部本当にあったことだよと教えるように。そのたびに、友子は亡くなった老女のスニーカーを思い出す。自分がまだ生きていることに、苦しいような、ありがたいような、もうしわけないような、そんな気持ちになるが、それでも自分は、残りの人生を生きねばならない。

あの少女が金魚を取り返しに来たように、それが自分の果たすべき任務なのかもしれない。上品な年寄りを演じるのはやめて、本当の声を出してみよう。とりあえず、友子は低い声で笑ってみる。誰にも見られず一人台所で出していた笑い声は、明るい街の陽射《ひざ》しの中で聞くと、肚《はら》の底からわき出るような楽しげな音に響いた。

こえ

Koe

中島が学校にこなくなったのは、火曜日の午後に早引けをしてからだった。そのあと、水、木、金と立て続けに休んだが、他の生徒たちは、その理由を知らなかったし、噂《うわさ》することさえなかった。中島の、クラスでの位置は、そんなものだった。

中島が出てこなくなって一ヵ月ほど経《た》った朝のホームルーム、担任の教師が荷物を載せた台車と一緒に入ってきて、唐突に中島の話を始めた。学校にこなくなった理由は、つまりイジメだったらしいということだった。いまさら、そんなことを聞かされても、生徒たちはリアクションのしようがなく、みんな黙って聞いていた。ただ、数人の生徒が、ちらりとツチヤの方を振り向いたが、ツチヤは眠っているのか目をつむったままだった。

担任は、そういうわけで、今日から中島の代わりに、これがくることになったからと、横に置いてあった台車から、黒っぽい箱をよっこらしょと持ち上げ、教壇の上にダンッと置いた。それは、両手で持ち上げるのにちょうどよいぐらいの大きさの、長方形の箱で、鉄製のようだった。横長の側面の一方に穴が二つ並んでいた。穴の奥にはガラスのようなものが光って見える。教壇の上の場違いな鉄の箱に、クラスはざわめき始めた。

「十一キロ」

担任は、誰も聞いてないのに得意そうにそう言った。後ろで眠ったようになっていたツチヤも、さすがに目を開き、前に置かれた箱を薄目で見ている。

「つまり、千両箱の半分くらいってことかな」

何がおもしろいのか、担任はそう言ってくくと笑った。

「実はオレにもよくわからんのだけど、中学は義務教育だから、中島も授業を受ける権利があるということなんだな」

要領を得ない担任の説明なのに、生徒たちはいつになく体が前のめりになっている。担任の方も生徒たちが、こんなに真剣に自分の話を聞いてくれることなど、なかなかないことなので、いつもより声の張りがよい。

「つまり、今日から、これを中島と思ってくれ。と言っても何のことかわからんよなあ。この横についている、目みたいなのがカメラになっていて、それは中島の部屋のパソコンにつながってるわけだ。つまり、中島は部屋にいながら、教室にいるみんなと一緒に勉強できるというわけなんだな」

教室に、お～ッというどよめきが起こる。箱についた目は、教壇の上からじっと着席する生徒たちを見ていた。見られていると知った生徒たちは、手を振ったり、覗《のぞ》き込んだり、顔を隠したりした。そして、何人かは、やっぱりツチヤの表情を見てしまう。イジメの張本人はツチヤだからだ。

「見てわかるように、この箱は自力で移動できません。この箱を世話する人が必要です」

担任は、のび上がって一番後ろにいるツチヤの方を見る。

「ツチヤ」

突然、自分の名前をよばれたものだから、浅く腰掛けていたツチヤはのけぞり、

「え、オレ？」

と自分を指さすと、担任はうなずいて、前へ来いと手をひらひらさせた。

「学校の行き帰りとか、教室の移動とか、全部お前が面倒をみてくれ」

そう言って、担任は、鉄の箱をどっこらしょと持ち上げてツチヤの腕に載せた。箱

はツチヤが思っていたより、はるかに重かった。

火曜の昼休み、ゴミ焼却炉の前で中島をなぐったことを思い出した。なぐったときの、重い感触が、手のひらの中によみがえってくる。ツチヤになぐられた中島は、うらめしそうにこちらを見上げていたくせに、ツチヤと目が合うと、何事もなかったかのように校舎の屋上を見上げるしぐさをしてみせた。それを見て、ツチヤは何だよコイツ、と思った。なぐられても何も言わない中島に、ツチヤは切れた。なんだよコイツ、なんだよコイツ、なんだよコイツ、ともう一度なぐりたい衝動を押さえて心で叫び続けた。なのに中島は、ツチヤなんか目の前にいないかのように、屋上を見上げていた。

中島をなぐったのは、そのときのを入れてトータル三回だった。その他に軽く小突いたりしたのもあったかもしれない。しかし、ツチヤにしてみれば、それぞれに理由があったわけで、それは断じてイジメではないと言いたかったが、今、目の前にいる担任に全《すべ》てを説明するのは面倒だし、そもそもわかってもらえるとは思えなかった。それよりなにより、箱の重さで手がはんぱなくしびれていた。

担任は箱を渡してしまうと、ツチヤに席に戻れと手を払うようなしぐさをした。重い箱を抱えたまま、のろのろ自分の席に戻ってゆく姿はどこか滑稽《こっけい》で、みんな笑いをかみ殺してツチヤを見ている。

「そうだ、トイレにも連れてゆけよ」

担任が思い出したようにツチヤの後ろから声をかける。

「トイレぇ？」

という間のぬけたツチヤの声にクラス全員が爆笑する。

「箱の裏に、ちっちゃな穴があるだろう？　そこから尿的なものが出るらしい」

尿的って何なんだよ、尿なのか、そうじゃないのか、ということを確認したかったが、それより、箱のくせにトイレをさせねばならないということの不条理に、ツチヤの頭は混乱した。

「箱がブルブルと震えるから、そのときはトイレに連れて行ってやること」

担任はこともなげに言うが、そんなこと毎日するのかよとツチヤは不安になる。そもそも、人間は一日に何回トイレにゆくものなのか。

「やらないと、どーなるんですか？」

「お前に向かって尿が発射される」

担任のコトバに、クラス中笑い転げるなか、ツチヤだけは笑えずにいた。受けたことに気をよくした担任も一緒になって笑っていた。ツチヤは、腕の中にある得体のしれない鉄の箱を見下ろしながら、今、居る教室が、全く知らない場所のように思えて、頼りない気持ちになった。

　中島の箱はツチヤの隣の席に置かれた。そこは中島の席ではなかったが、担任のはからいで隣が空けられ、中島置き場となった。黒板が見えるように、箱の下に何か敷いて角度をつけてやれと担任に言われ、しかたなくツチヤが買ったばかりの漫画雑誌を差し込むと、突然、箱からピーッという警笛のような鋭い音が発せられ、ツチヤは思わず箱から手を放す。音はすぐにやんだが、ツチヤの驚きはおさまらず、担任もまた驚いている様子で、あわてて手書きのプリントをめくり、

「そっか、中島、音が出せるのか」

　とつぶやいた。

「今のは中島のメッセージだ」

　と担任は顔を上げてツチヤに言った。今どき、機械でしゃべらせることぐらいできそうなのに、なぜか警笛音で意思を伝える、ということらしい。

「つまり、中島は、その位置でいいと言ってるんじゃないか」

と担任は言う。

「そうかなぁ」

とツチヤは信じられずにそう言う。というか、この箱が中島とつながっているなんて話が本当だという根拠はあるのか。なのに担任は、大真面目《おおまじめ》に鉄の箱に話しかける。

「な、中島、そういうことだろう？　角度はこれでいいんだな？」

担任がそう声をかけるのを生徒たちはじっと見ている。

「中島、いないみたいだな」

担任は生徒たちの方を見て、いいわけするように、そう言った。

突然、箱が小刻みに震えだした。

「ツチヤ、これトイレだ」

焦《あせ》った担任が叫ぶよりはやく、ツチヤは箱を持ち上げて教室を飛び出した。買ったばかりの漫画雑誌を濡《ぬ》らすわけにゆかなかったからだ。走っている間にも、液体がどこからかこぼれ出てくるのではないかと、気が気ではない。自分の体が濡れるのもイヤなので、箱からできるだけ体を離したい。しかし、そうすると腕だけで重い鉄の箱を支えて走らねばならず、そんな葛藤《かっとう》で頭がおかしくなりそうだった。ようやく男子トイレに飛び込み、箱を引っ繰り返して穴を探す。たしかに五ミリほどの穴が開いて

いる。それを便器に向ける。ツチヤには無理な体勢だが、確実に便器に命中させたかった。いらついた声で、

「ほら、やれよ」

と言うと、本当にじょじょじょと情けない音がして、温かい金色の液体が便器に流れ落ちていった。こーゆーところはリアルを追求しているのか、とツチヤは感心する。箱は全部出し切ったようなので、ツチヤは十一キロの鉄の箱を力いっぱいふり、トイレットペーパーで穴のまわりをきれいに拭《ふ》いた。


次の授業は体育だった。箱に体操着をきせる必要はないと言われ、ツチヤは実技はなしか楽勝じゃんと思ったが、それはとても甘い考えだった。よりによって、この日の授業は卓球だった。中島は箱だし見学だろう、と思い込んでいたら、体育教師は「はい、次、中島」と当然のように言い、ツチヤに箱を持って卓球台の前へ行くようながす。両手は箱を持っているのだから、ラケットを持てません、とツチヤが不機嫌に言うと、体育教師はその態度にカチンときたようだった。教師の方も箱を押しつけられ、少々いらついていたのだろう。鉄の箱にチョークでラケットの絵を描き、

「じゃあ、ここをラケットだと思って打ち合って」

とムチャクチャなことを言いだす。十一キロもある、しかも厚みもある鉄の箱を抱

えて走るが、まず球に追いつかない。追いついても振り遅れて当たらない。鉄の箱の尖《とが》った角が腕をかすって血がにじむ。太股《ふともも》に思いっきり当たって紫色のアザになる。それなのに、見ている者が、大いに受けているのも腹立たしい。最初は、何クソと思って鉄の箱を振り回していたが、そのうち、これはさすがにひどくないかと思い始める。ツチヤは、これこそイジメじゃないかと、だんだん腹が立ってきた。

不条理だった。一番納得ができないのは、昼休みにメシを食うことだった。どう見ても箱なのに、十二時きっかりになると、上部の鉄板に五センチ四方の口が開く。そこにミキという飲み物を流し込んでやらねばならなかった。ミキは学校の隣に昔からあるパン屋の前の自販機で売っていた。自販機の飲み物はテレビのCMでは流れていない商品ばかりだったが、コンビニより安く近くにあるので生徒たちは利用していた。他のは百円なのに、ミキだけ百五十円だった。缶には米のジュースと書かれていたが、ツチヤは飲んだことはない。というか、これを買っている者を見たことがない。固いスチール缶のフタを空け、箱の口におそるおそる入れる。ドロドロした甘そうな液体を一本入れ終わると、静かにフタが閉まる。しばらく見ていると、小さくウィーンとモーター音がするので、消化的なことをしているのだろう。

授業中は教科書を見せてやり、黒板が見えるように角度に気を遣い、ちょっとした震えにトイレじゃないだろうなと気を遣う。自分の時間がない。何なんだこれは。箱を持たされたツチヤは、時間が経つにつれて不条理だという思いを募らせてゆくというのに、まわりの者たちは、鉄の箱を持つツチヤにどんどん慣れてゆく。ツチヤには、箱の存在より、そういうみんなの反応の方がはるかに不条理だった。鉄の箱は、わずか半日の間に、すでにツチヤの一部になりつつあった。

中島の家は、ツチヤの家よりさらに遠くにあったので、箱を抱えたまま歩き続け、もう限界だという頃に、それと思われる家を見つけた。ベージュの壁に深緑の屋根の一軒家で、屋根付きの駐車場には車はなく、柵《さく》にはパンジーの鉢植えがぶら下がっていた。見上げると二階のベランダにも花の鉢植えがぶら下がっている。二階の部屋は黄色いチェックのカーテンが閉まったままになっていて、たぶん中島はあそこにいるのだ、とツチヤは思った。呼び鈴を押すと、母親らしき女性が、「ごめんね～」と笑いながら出てきた。「大変だったでしょう?」と言いつつ、箱を受け取ろうとしない。「悪いけど、それ、そのベンチのところに置いといてくれる?」

ツチヤは、言われるまま箱を置いた。振り返ると、もう母親の姿はなく、玄関は閉まっていた。なんだか腹が立った。挨拶《あいさつ》がなかったことにではない。母親が中島の箱を、こんな庭先に置きっぱなしにすることに、なぜか腹が立つ。自分の息子の分身なのだから、家の中に入れてやるべきではないかとツチヤは思ったのだ。こんな外に置いて、もしブルブル震えだしたら、誰が小便の世話をするのだと、ツチヤは怒りに近いものを感じ、なぐられた後の中島のすねたような表情を思い出す。オレはこんなこと平気だから、と言っているような顔だった。平気なわけないじゃないかと、自分がなぐっておきながらそう思う。

なんだか中島が哀れに思えてきた。このままここに置き去りにするのは、今日一日の努力を全て無駄にしてしまうような気がしたが、この箱をまた持ち上げて、自分の家まで持って帰る力は残っていなかった。

「明日、むかえにくるから」

鉄の箱に向かって、ぶっきらぼうにそう言って背を向けると、箱からとても短いかすれたようなピッという音がした。間違いなく、箱から出た音だった。ツチヤは思わず、二階を見上げる。カーテンは閉まったままだったが、今、中島はオレを見ているのだと思った。焼却炉の前にいたときとは違って、まっすぐにオレを見下ろしている。ツチヤは、突然、その視線に耐え切れなくなって目をそらした。中島が何を思って自分を見ているのか、わからないことが怖かった。ツチヤは目をそらしたまま、自分の家へ向かって歩き出す。

歩きながら、そうかと思う。あの日、焼却炉の前で、中島がなぜ校舎の屋上を見上げ、自分と目を合わせなかったのか。中島もまたわからなかったのだ。オレが何を考えているのか。なぜオレがなぐったのか、それさえもわからなかったのだ。あいつも、あのとき、今のオレと同じ不条理の中にいて、でも必死に平静を保とうとしていたのだ。振り返ると、二階の窓のカーテンが少しだけ揺れたように思えた。それは、中島が「そうだよ」と言っているようにツチヤには思えた。

中島の箱は中島本人より人気があった。朝など箱のレンズに向かって、わざわざ「おはよう」と生徒たちは言いにくる。生身の中島に挨拶をしたことのない女子たちも、列をつくってレンズの前でポーズを決める。中島は部屋でそんな様子をどんな気持ちで見ているのだろう、とツチヤは思うが、やっている女子たちはそんなことまで考えがおよんでおらず、レンズを前にすると何かやりたい、という衝動だけで動いているようだった。

人気は他のクラスや学年にもおよんで、ツチヤが気をぬくと、ステッカーや落書きでいたずらをされたりするので、油断できなかった。箱の構造を知らない者のいたずらなので、食事用の口にべったりシールが貼《は》られていたりする。そういうのをきれいにはがすのも、けっこう大変な作業だ。ただアップル社のロゴが貼りつけてあったときは、自分だけが新型のアップル社製品を持っている気にさせてくれるので、しばらく貼っておいた。

　しかし、中島は貼ってある位置が気にくわなかったのだろう、朝、ツチヤが迎えにゆくと、アップル社のロゴははがされて、別の場所に貼りなおされていた。はがした後また貼りつけたものだから、今にもはがれそうにヒラヒラしている。時間の経った、指に巻いた傷テープのように端っこが黒ずんでめくれ上がっている。それがツチヤには気持ちが悪い。いったんはがせば、こんなふうに汚らしくなるのはわかっているはずで、それでも貼る位置にこだわる中島の神経がツチヤにはわからなかった。

　ツチヤが、中途半端にひっついているシールをひっぺがして箱を中島の家に戻すと、次の日、はがした場所にリンゴの絵が描かれてあった。中島が描いた絵なのだろう、自信のなさがあらわれている、震えるような線だった。カタチもいびつで、前にロゴが貼られていなかったら、リンゴだとは気づかなかっただろう。でも、ツチヤは、その絵がイヤではなかった。この箱は中島なんだから、中島のリンゴがあるのは当然のような気がして、そのままにしておいた。なのに、翌日迎えにゆくと、リンゴの絵はきれいに消されていた。何なんだよコイツ、とツチヤは思う。心底、気がぬける。箱を地面に叩《たた》きつけてやりたいと思う。

一番最初に中島をなぐったのは、中学一年のときだった。中島が、ツチヤのおろしたばかりの白いスニーカーの裏に犬の糞《ふん》を塗りつけていたからだ。偶然、塗りつけている現場を見つけて、お前なにしてんだよぉと中島の首を締め上げ、気がついたらグーでなぐっていた。なぐった瞬間、「しまったッ！」と思った。中島の鼻から血が飛び出すのを目の端にとらえたからだ。しかし、怒りを急に止めることはできなかった。中島は、まだ怒りがおさまらないツチヤを後に、一目散に逃げて行った。今、思えば、中島の行動は仲間うちの罰ゲームか何かだったのだろうと思う。ツチヤは一年のとき、学年で一番大きな体をしていたのでジャイアンと呼ばれていた時期があった。ジャイアンにいたずらをしかけるのは、度胸試しみたいなことだったのだろう。

しかし、それ以来、中島はツチヤと目を合わすことさえしなかった。ツチヤは必要以上におどおどする中島を見ていると、あの日の怒りを思い出し、わけもなくカッとなって、結果にらみつけてしまう。そんな二人の関係は、見ているだけでわかるものらしく、学校中が知ることになる。

校内のイジメに関するアンケートで、ツチヤの名前が上がり、生徒指導の教員に呼び出され、事情を聞かれた。ツチヤは一度だけ中島をなぐったことを正直に話した。もちろん、その理由も言った。しかし、教員は資料をめくり、あと二回なぐっているはずだと言う。驚いたツチヤが、中島本人がそう言っているんですか、と聞き返すと、誰が言っているのかは規則で言えないの一点張りだった。一回しかやってません。いや、でも見たという生徒がいるから。そんなやりとりをしているうちに、中島がウソを言ったに違いないと確信した。教員の資料から三回という活字がちらりと見えた。それはつまり、ツチヤが三回なぐったということは、すでに事実として動かしようのないものになっているということだった。ならば、中島をあと二回、本当になぐらなければ割にあわないじゃないか、とツチヤは考えた。

ツチヤは、中島を呼び出し、卒業するまでにお前をあと二回なぐるからなと宣言した。中島は「はぁ?」と語尾を上げた。その返事にツチヤは切れた。何なんだコイツは。何が「はぁ?」だ。ウソばかり言いやがって、と気がつくとグーで中島をなぐっていた。中島はとっさによけたので、ツチヤの拳《こぶし》はアゴの部分をかすった。びっくりして見ている中島に、あと一発貸しだからなと言ってやると、中島はアゴを押さえながら、納得ゆかない顔をして、その後おびえた顔でツチヤを見た。

それ以来、中島はツチヤを見ると逃げた。はたから見ていると、マンガのように足がぐるぐる回っているような逃げ方だった。その様子を生徒たちが見ていないはずがなく、トムとジェリーのようだとおもしろがった。それぐらい中島の逃げ方は巧妙だった。だから焼却炉の前で、偶然出くわしたとき、ツチヤはこのチャンスを逃すわけにはゆかず、力をこめて平手でなぐりつけたのだった。

ツチヤは、なぜ中島が学校に来なくなったのかわからなかった。あれで貸しはなくなったのだから、もう逃げる理由などないのに、と思っていた。中島にその理由を聞きたいと思うのだが、箱になってしまった今、具体的な話などしようもなかった。

もしかしたら、とツチヤは思う。もしかしたら、事実は自分の思っていたのと違っていたのかもしれない。三回なぐられたと言ったのは中島ではなかったのではないか。なぐっているのを見たという、あやふやな証言から教師が導き出したことなのかもしれない。だとしたら、中島にとってツチヤは不条理そのものだったのだろう。こっちは三回きりのつもりだったが、むこうにしてみれば永遠に暴力が続くと思い込んだのかもしれない。

屋上を見上げた中島の顔を思い出す。あれはすでに納得してない顔でも、おびえた顔でもなかった。読み取られることを拒否したような無表情な顔だった。あえて言うなら、絶望の顔だったのかもしれない。自分が、中島をそんなところへ追い詰めてしまったのだろうか。だとしたら、自分は中島に何ができるのだろうか。

箱がぶるぶると小刻みに震えはじめた。ツチヤは、あわてることなく箱をワキに抱えてトイレへ行く。慣れた手つきで用を足す手伝いをする。トイレットペーパーで入念にあちこちを拭きながら、

「なぁ、中島よ」

と声をかけた。声をかけるのは初めてだった。

「お前が絶望したんだとしたら、それはオレのミスだ」

箱からは何の反応もない。それでもツチヤは続ける。

「オレたち、ちゃんと話すべきだったんじゃないか？」

ツチヤは、教師に呼び出された話をした。いつの間にか、三回なぐったことになっていたこと。だったら本当に三回なぐらないと割にあわないと思ったこと。

「でも、お前、そんなこと知らなかったんだな。お前にしたら、わけのわからん話だよな。オレが今、お前の世話をしてるのと同じぐらい、わけわからん話だよな」

ツチヤがそう言い終えると、箱がぶるぶる震えた。これはトイレのサインではないと、ツチヤは思った。それでも、念のため便器に穴をむけてやる。箱は、尿を出さずにただただ震えていた。ツチヤは、箱に声をかける。

「お前、怖かったんだな？　そーだろう」

震える箱は泣いているように見えた。

「オレも、怖いよ」

震動が手に伝わってきて、ツチヤは、つい本音を言ってしまう。

ツチヤが箱の面倒を見ていることは、すでに学校中に知れ渡っていて、一年生ですら知っていた。みんなは、それはツチヤに対する罰だと思っていて、イジメをするとあんな目に遭うと噂しあい、実際、校内のイジメは激減した。ツチヤ自身も、これは自分が暴力をふるったことへの制裁だとわかっていた。それにしては、ずいぶんひどいやり方だと思う。家に帰って、ご飯を食べていたりするとき、むしょうに泣きたいような、暴れたいような気持ちになる。が、朝、中島の家に行って、玄関先にぽつんと昨日と同じ形で箱があって、その上にミキ代として百五十円が並べられているのを見ると、なぐられた中島の方もまた罰を受けているような気がしてきて、なにか逆らえない大きな力に、自分たちは翻弄《ほんろう》されているのではないかと思った。

自分たち、つまりツチヤと中島は、嵐《あらし》の中、一緒に船に乗ってしまった同志のようなものだろう。いや、今のツチヤにとってみれば、同志というより、海に浮かぶブイのようなものかもしれない。学校という海原で、たった一人になってしまった自分は、中島という箱にしがみついているような気がする。

「オレ、怖いよ」

もう一度、ツチヤがそう言うと、箱の震えが止まった。そして、警笛音が三回連続して鳴った。それぞれ音階の違う音だった。聞きようによっては、「オレも」と言っているようにツチヤには聞こえた。

修学旅行は京都だった。日程の中に一日、タクシー研修というのがあった。五人で一つの班をつくり、自分たちで計画してタクシーで京都の街を巡るというものだ。いわゆる自由行動なので、生徒たちのテンションは一気に上がる。が、ツチヤにはこれが一番の憂鬱《ゆううつ》だった。ツチヤと中島の箱はコンビとして扱われ、そこに女子が二人、それに口をきいたこともない乾《いぬい》タケシが加わった班に入れられてしまった。

女子主導でどんどん計画が進められてゆく。見るからに軽そうな乾タケシは「いいんじゃないのぉ」としか言わないものだから、レンタル着物は外せないよねぇとか、八ッ橋クレープは食べたいとか、京都水族館の和スイーツ超カワイイとか、そこオオサンショウウオガムも売ってるよとか、地主《じしゅ》神社だよ恋占いだよとか、やっぱりミヤゲはあぶら取り紙かなとか、女子たちはツチヤにとってはどーでもいいことばかり延々としゃべっている。

当日、女子たちはハコジマは邪魔だから、タクシーのトランクに乗せようと言いだした。中島の箱のことを、女子たちはハコジマと呼んでいるらしい。

「ねぇ、乾もそう思うでしょう？」

女子に詰め寄られた乾は、「トランクでいいんじゃないのぉ」と言わされる。それを聞いたツチヤはカッとなった。だいたいハコジマって何だ。箱の形はしているが、クラスメイトじゃないか、それをトランクって。こいつら鬼畜か、と心の中で毒づく。だって、その方が座席、広く使えるじゃん。そうだよ、いっちゃあなんだけど、ハコジマの分余裕あると思って、うちらこの班選んだんだからね。当初は列までつくってレンズにポーズを取っていた女子たちだが、今はハコジマは単なる箱に過ぎないらしく、ツチヤの言い分など聞かず、どこまでいっても平行線をたどるばかりだった。業を煮やしたタクシーの運転手まで口を出してくる。「箱ですやん。トランクに積みはったらよろしいですやん」

いや、そうじゃなくて、コイツは人間なんです、とツチヤが説明すると、運転手は助けを求めるように女子たちを見る。この子、大丈夫か？　という目である。

ツチヤが抱いていたハコジマが、突然、女子たちめがけて尿を発射した。震えることなく、いきなり出たのは初めてだった。女子たちは、きゃあきゃあと逃げまどい、吐き出すように「最低！」と叫んでいる。乾はそれを見てゲラゲラ笑っている。いいぞ中島と、ツチヤは思う。運転手は「こんなん乗せて大丈夫なんか」と心配そうに見ている。箱はツチヤの膝に載せるということで、女子たちはしぶしぶ承諾する。運転手だけは、「ビニールまかんで大丈夫かなぁ。もれたらかなわんなぁ」と納得できない様子だったが、それでもなんとかタクシーは発車した。

「私たち、ツチヤ君の座席が広くなると思って言ってあげたのにさ」

と、後部座席の二人の女子たちはまだその話を蒸し返している。

ツチヤはリュックの中を確認する。ハコジマの食事のためのミキの缶は七本入っている。ウエットティッシュ一箱、トイレットペーパー一巻、普通のティッシュも一箱。それだけでリュックの中はいっぱいだった。

タクシーの行き先は、とりあえず、レンタル着物店だった。女子どもは着物に着替えると、ちょっとしおらしくなったが、口の悪さは変わらない。乾は羽織まで着せてもらっている。襟からひゅっと首が伸びていて若旦那《だんな》のようだ。ツチヤも着替えなよ、そーだよ雰囲気ぶち壊しだよと言われるが、絶対にイヤだと断った。そんなやり取りをしていると、いつの間にか乾は手拭《てぬぐ》いで頬かむりし、「見て見て」と着物の裾《すそ》をはしょって中島の箱を千両箱のように肩にかついで、「ネズミ小僧！」と走るポーズを取って見せる。「受けるぅ」と女子どもは写真をパシャパシャ撮りまくっている。

「だから、ハコジマで遊ぶなって」

ツチヤは乾から千両箱を奪い取った。いつの間にか自分も中島のことをハコジマと呼んでいることに気まずく思うが、女子や乾はそのことに気づいてないようで、ツチヤはなぜかほっとする。

そこを出ると、タクシーで三十三間堂へ向かった。金ぴかの千手観音の大行列を見たあと清水寺へ、そこから歩きで二年坂、高台寺の前を通って八坂神社、知恩院と移動する。タクシーと聞いていたから安心していたのに、けっこう歩きが入っていて、ツチヤは女子に任せっきりにしたことを後悔した。計画を立てた女子自身も、着物と下駄では歩きにくいのは想定外だったらしく、痛い、疲れた、と文句たらたらである。それでも、モデルの誰それが使っていたツバキ油が欲しいとか、こんぺい糖の店遠いのかなとか、そこ知ってるミルク味食べてぇとか、欲は尽きることがない。

ツチヤは、ハコジマを肩に乗せ、カメラマンになったつもりで中島の目線を気にしつつゆっくり歩いた。すると、後ろを歩いていた乾に突然、「オレ、かわろうか」と言われ、ツチヤはびっくりして振り返る。乾は、そんなに驚くんだ、という顔で、

「いや、重そうだからさ」

とゴニョゴニョと付け加えた。

それまで誰かがハコジマのことで手伝おうかなどと言ったことは一度もなかった。

乾は無邪気な笑顔でツチヤからハコジマを奪い自分の肩に乗せた。

「こりゃ重いわ」

乾の肩に乗っているハコジマを見ると、妙な気分がした。最初は、なんでおとなしく他人の肩に乗ってんだよ、と理不尽な怒りを感じたが、自分の体が軽くなったことを実感するようになると、今度は全てから解放されたような気分になって、何で自分は今まであんな重い箱をバカみたいに持ちつづけていたのかと不思議な気持ちになった。

女子どもは、突然、安井《やすい》金比羅《こんぴら》宮《ぐう》に行きたいと言い出した。計画に入ってない場所である。勝手な行動はよくないとツチヤは反対したが、乾は例のごとく「いいんじゃないのぉ」と言い、結局行くことになってしまった。女子の話によると、そこは縁切りで有名な神社らしい。

「でもね、その前に」と女子が言うと、もう片方の女子が「綿アメだよねぇ」と夢見るように答える。でっかい綿アメを売る店が神社の入口にあるらしい。それぞれが一つずつ購入し、写真を撮ってネットにアップする、という一連の行動を、ツチヤは自分は買わずに、縁石に腰掛け、ぼーっと見ていた。誰に向けたものなのか、女子も乾も綿アメを差し出し笑顔をつくっている。ツチヤはスマホの小さなレンズを見て、ふと、ハコジマの目のことを思い出した。乾はハコジマを路上に放置していた。目のついている面を路上に置いていた。これでは、中島には暗いアスファルトのざらざらしか見えない。

これだから素人《しろうと》は、とツチヤは腰を上げようとして、そのまま体が止まってしまった。今現在、ハコジマの責任は乾にあって自分にはない。ツチヤは箱を見つめたまま腰を下ろす。無邪気に写真を撮りあっている乾を見ると、箱のことなどすっかり忘れているようだ。ハコジマは苦しそうにうつ伏せになったままだった。苦しそうと思ってしまったことに、ツチヤは苦笑する。苦しそう？　箱なのに？　この状態を見てそう思うのはたぶん地球上でオレだけだ。そう思うと、もしかして自分は洗脳されてんじゃないのと不安になる。そうじゃないと誰が言い切れる？　この箱が本当に中島だと誰が証明できる？

女子二人と乾は綿アメを持ったまま神社に向かって歩き始めた。ハコジマを置き去りにしていることに、ツチヤに一瞬、後ろめたい気持ちがよぎるが、それと決別するように勢いをつけて立ち上がり、そのままうつ伏せになったハコジマを見ないようにして神社に向かって歩きだす。

「ツチヤ、何してんだよ。おせーよ」

という乾の明るい声にツチヤは「おう」と手を上げ追いかける。その声は自分でも驚くほど明るく軽かった。そうだった。これが本当の自分の声だった。

ツチヤは、小学生のように金属の手すりや葉っぱや木の肌など、いちいちそのさわりごこちを確かめながら歩いてゆく。葉っぱは種類によって感触が違っていて、松はつかむとつやつやとした弾力があって手のひらの中でしゅるっとすべってゆく。名前の知らないハート形をした葉っぱは、やわらかく手のひらの中でくしゅっとなった。ツチヤの手は、自分の外にあるものを欲するように、目に入るものすべてを触らずにはいられなかった。そのさまざまな感触がオレは自由だという思いにさせていった。女子たちの持つ綿アメは淡いグリーンとオレンジが混ざり合っていて、そのまま空へ飛んでゆきそうだった。

本当に営業中なのかと思わせる、吸血鬼が住んでいそうなラブホが並ぶ参道を抜けてゆくと、まだ神社の敷地に入ってないというのに人が並んでいるのが見えた。その列の先に大きな白い獣のようなものが見える。近づくとそれは岩であるらしかった。

御札に願い事を書いて、それを持って岩の中央にぽっかり開いた穴をくぐると悪縁が切れるらしい。そして裏からもう一度穴をくぐると新しい縁がもらえるのだそうだ。それをすませた者は御札を岩に貼りつけている。小学校の図工の時間、先生が使っていた糊《のり》の特大チューブが岩の後ろにある机の上に散乱している。三十代ぐらいの女性が、真剣な顔でありったけの力をこめてチューブから糊をしぼりだしているのを見て、ツチヤはちょっとびびってしまう。

女子たちが「ツチヤ、見たぁ?」と近づいてくる。「ヤミ〜〜、まじヤミ〜〜」と真顔で繰り返す。縁を切りたい者が書いた絵馬を見てきたらしく、その内容のヘビーさに「ヤミだよ、ヤミ」とまだ繰り返している。「あれは、まじヤバイ」と言いながら、女子どもは怖い物見たさなのか、また絵馬の方へ走っていった。

縁切りの岩の背中は、何かの動物のように曲線を描き、そこにびっしりと貼られた白い御札が風で動くものだから、息をしているふうに見える。人の強い気持ちが集まって、命が吹き込まれたもののように思え、ツチヤは、何か見てはいけないという気がして目をそらした。行列の方に目をやると、縁を切りたい人がこんなにいるのかと驚くほど多くの者が自分の番を待っていた。女子たちも、その穴をくぐりたかったらしいが、穴はひとりがようやくくぐれるほどの大きさで、さすがに着物では無理だと断念したらしく、「ツチヤは制服なんだからくぐれば」とキョーレツにすすめてくる。「せっかく来たんだから誰かくぐらないと損じゃない」という、訳のわからない言い分に負けて、というかくぐってしまった方が早いと判断したツチヤは、しかたなくお金を箱に入れて御札を手に取った。

そこに願い事を書くのだが、どんな書き方でもいいらしい。たいていの人は、縁を切りたい人の名前を書いていた。ツチヤは、ずっと頭から離れない、路上にうつ伏せになったままのハコジマを思った。しかし、御札にハコジマと書くほどの勇気はなく、中島が描いたリンゴの絵を真似て描いてみる。それを後ろから見ていた女子たちは、「なにそれ」「ふざけすぎ」「絶対バチあたるから」とゲラゲラ笑っている。ツチヤの描いた、かじられたリンゴは歪《ゆが》んで、涙のカタチに見えた。

ツチヤはそれを持って列に並んだ。岩に近づくにつれて、自分でも説明のしようのない感情がこみ上げてくる。どこかで、この列から飛び出ろという声がする。まだ間に合う。走って綿アメ屋まで戻れ。そしてハコジマを取り戻して来い。ツチヤが来た道を振り返ると、すでにものすごい人数の参拝者たちが並んでこちらを見ている。ツチヤは、その顔の多さに、なぜか無理だと諦《あきら》める。

ツチヤの番がきて、さぁ穴をくぐろうというときになって、突然、乾が奇声を上げ、凍ったようになるのが目の端に見えた。ハコジマを置いてきたことにようやく気づいたのだろう。そんなところにあるはずもないのに、女子たちの荷物を開けて見たりしている。ツチヤは、乾のあわてる声を聞きながら、CTスキャンのようにまず頭を突っ込み、冷たい石にそのまま体を滑らせてゆく。ほんの数メートル後ろにいるはずの乾や女子たちが遠くに思えてくる。あの鉄の箱も担任も無責任なクラスメイトも、今のツチヤには遠い存在で、そんなものにつながれていた自分がバカのように思えてきた。そっか、これが自由かとツチヤは笑いたい気持ちになってきた。

しかし、裏側に出てしまうと、岩越しに行列の人たちの「まだか」という険しい表情が見えた。自由と思ったのはつかのまで、ツチヤは無言のプレッシャーに押され、あわてて穴をくぐって元の場所へ戻った。女子たちと乾はいなくなっていた。おそらく綿アメ屋へ戻ったのだろう。ツチヤは手に残った御札を、一番目立たない、もし岩が動物であれば足元あたりの場所を選んで貼りつける。貼りつけながら、これでもう二度とハコジマに会えないんだと思った。

陽が落ちはじめた綿アメ屋の店先で、女子たちと乾は、ぼんやり立っていた。ツチヤを見ると「ハコジマ、ぱくられた」と女子が言った。ツチヤは「だろうな」と思いつつ、うなずいて見せると、三人はツチヤが激怒するとばかり思っていたのだろう、ちょっとほっとした顔になって、「あんなの持って帰るヤツいるのかなぁ」と声の調子を元に戻した。

旅館に戻り、ツチヤたちは担任に箱の紛失を報告し、そのまま担任と警察へ遺失届を出しに行った。警察官に箱の説明をするのに手間取り、帰りは担任にいやみを言われ、ようやく宿に戻ると、他の生徒たちは夕食をすませた後だった。ツチヤの班の夕食だけが、見せしめのように広い部屋の真ん中にのこされていた。

女子も乾も無口だった。疲れ果てているのもあるが、担任から、あの鉄の箱は三十八万円ぐらいすると聞かされたからだ。弁償しろとは言わなかったが、担任は「グループの責任」という言葉を何回も使った。

「スマホ、何個分だよ」

という乾のツッコミに誰も反応せず、モズクやアゲやレンコンをぼそぼそ噛《か》んでは飲み込むという作業を繰り返した。

消灯後、いったん寝床に入ったツチヤは眠れず、そっと腕を伸ばしてリュックを枕《まくら》元《もと》に引き寄せた。中はティッシュにトイレットペーパー、それにミキの缶が七本、使われずに入ったままだった。これは、どこかで捨ててしまおうとツチヤは思う。もったいないが、七本は重すぎる。ツチヤは寝床からはいだして、正座し、一本だけ飲んでみることにした。

まわりを見ると、ほとんどの生徒たちは、魚市場に運ばれた魚のように折り重なって眠っている。咳《せき》をしたり寝返りをうったりしているのは、まだ眠れない者なのだろう。カーテンの隙間《すきま》から月明かりがもれて、布団《ふとん》や眠る生徒の体を波模様に照らしている。一人正座したツチヤは、音を立てないようにミキの缶のフタを開け、そっと口をつけた。甘かった。月に照らされた生徒たちの呼吸を見ながら、全部飲めそうもないなぁと思った。かすかに上下する胸や肩は、びっくりするぐらい無防備だった。どの生徒も、教室では見せたことのないほど健気《けなげ》で律儀《りちぎ》な呼吸を繰り返している。

ふいに、もしかしたら人間は怖いものではないのかもしれない、と思った。この気持ちを中島にも伝えてやりたかったが、すでにその方法はなかった。自分は中島を捨ててしまったのだ。とたんに、ツチヤは缶の中身を飲み込めなくなった。飲み物とは別の得体の知れないものが喉《のど》にこみ上げてくる。ツチヤは、気がつくとうゥッと唸《うな》るような声を上げていた。まとまった量の熱い液体がどこからかあふれだし、静かに頬を滑り落ちてゆくのを感じた。隣に寝ていた乾がむっくり身を起こし、「なんで泣いてるの?」と聞くまで、ツチヤはそれが涙だとは気づかなかった。

帰りの新幹線のプラットホームで、突然、ツチヤは帰らないと言いだした。自分は京都に残って中島の箱を探すと言う。担任やら教頭はあわてて、一緒に帰るよう必死に説得したがツチヤは頑固に帰らないと繰り返した。柔道部の顧問も呼ばれたが、体格のよいツチヤを無理やり車両に乗せることはできなかった。担任がこの場に残って説得を続けることになったのだろう、発車時間になっても、他の教員とあわただしく打ち合わせをしている。新幹線の窓に生徒たちが張りつき、ことのなりゆきを見守っている。ツチヤはそんなようすを人ごとのようにながめていた。箱を探すと言っても当てがあるわけではなく、ただ勢いで言っただけである。

ツチヤの前を、十六歳ぐらいだろうか、長い髪をツインテールにして、いかにも昭和というワンピースを着た女の子が、ガラガラと大きな音をたてて通りすぎる。その女の子がひっぱっている荷物を見て、ツチヤは「あっ」となる。鉄の箱がくくり付けられていたからだ。ハコジマに間違いなかった。ツチヤは、あわてて後を追う。気づいた担任が追いかけてくるのがわかったが、立ち止まるわけにはゆかない。

女の子は振り向きもせず、ものすごいスピードでプラットホームを一直線に突き進んでゆく。男のツチヤでも追うのが精一杯で、それでも鉄の箱を必死に目で確認する。二つ並んだレンズ、ミキを注入する口、微妙な鉄の色具合、ずっと世話をし続けてきたハコジマに間違いなかった。しかし、それはすでに中島ではなかった。どこかが違うわけではない。でもツチヤは、それは、中島ではないと確信した。そう思ったとたん、ツチヤの走るスピードが落ちた。女の子は下りのエスカレーターに乗り、鉄の箱は地面に吸い込まれるように消えていった。

後ろから肩をつかまれ、ツチヤが振り返ると息も絶え絶えの担任がいた。まだうまくしゃべれない担任に、ツチヤは鉄の箱が消えた場所を見つめたまま「オレ、帰ります」と伝えた。担任が何か叫んでいたが、その声はツチヤの耳に入ってこなかった。ツチヤは中島の箱を吸い込んだプラットホームでひとり立っていた。

箱を失って二週間ほど後、中島が教室に戻ってきた。鉄の箱のこともみんなすでに忘れていたので、いなくなったときと同様、騒ぎになることはなかった。ただツチヤは緊張していた。それは中島も同じだったが、お互い声をかけることはなかった。たぶん、卒業まで話すことなどないだろうと、ツチヤは思った。でも、渡したい物があった。京都駅で買った小さな人形である。木魚にもたれてすやすや眠る小坊主で、その顔があまりにも平和だったので思わず自分用に買ったのだが、なぜか中島にもやりたくなって、もうひとつ買ってしまったのだった。

中島が掃除当番の日、ツチヤは焼却炉で待ち伏せした。中島がゴミを捨てにくるかどうかわからなかったが、誰かが見ているところで渡すわけにはゆかなかった。

ゴミを持ってのんきそうに歩いていた中島は、ツチヤを見つけてギョッとなり凍りつく。ツチヤは、ぶっきらぼうに「京都のミヤゲ」と人形の包みを渡すと、そのまま教室へ向かった。

「なッ」

中島の高い声にツチヤは振り返る。

「なんでぇ？」

なんで自分なんかに土産を買ってきてくれたのか、ということなのだろう。

ツチヤは何か言いたかったが、説明できそうになかった。自分が泣いたあの夜、あの海の底のような場所で自分が感じたことを、お前と共有したかったんだよ、と言いたかったが「なにそれ」と笑われるに違いなかった。

「単なるミヤゲ」

ツチヤはそう言って、歩きだす。歩きながら、本当にそれでいいのかと自分に問う。また、中島を置き去りにしてしまって、本当にいいのか。

ツチヤが振り向くと、中島は包みを破って中の人形を見てきょとんとしていた。ツチヤは、伝わらないことを恐れるのは、もうやめたいと思った。

「オレも同じの買った」

中島は、びっくりしてツチヤを見ている。

「オレとお前はぜんぜん違うけれど、起きてるときは違うことをしてしまうんだけど、でも、寝てるときは、たぶん、同じ夢を見てるんだよ。オレもお前も。同じなんだよ、みんな」

伝わったかどうかわからなかった。誤解されたかもしれなかった。でも、伝えないよりそっちの方が何倍もいいと思った。

それきり、本当にそれきり、ツチヤは中島としゃべらなかったし、卒業した後は一度も会うことはなかった。

ツチヤが社会人になったとき、自分が買ったのと同じ木魚にもたれて眠る小坊主の人形を見つけた。友人の家の本棚でひっそりとほこりをかぶっていた。それを手に取っているツチヤに、友人は、

「あ、それ、もらったんだ」

友人もまた懐かしそうに、ツチヤの持つ人形をのぞきこむ。

「高校のとき、人間関係でいろいろ悩んでて、そのとき中島ってやつがそれくれて

さ」

中島という名前に、ツチヤの胸が騒ぐ。

「起きてるときは、いろいろ違うことをしてしまうかもしれないけれど、でも眠ってるときはみんな同じだ。何も怖いことはないよって言うんだよ。おもしろいこと言うヤツだろ？」

あの夜、海の底のような場所で自分の感じたことは中島に伝わっていた。体のどこからか熱い液体があふれてくる。この感じは知っているとツチヤは思った。自分は泣いているのだ。なんだなんだ、ちゃんと伝わってるじゃないか。十年ぶりに吹き出した涙は、止まりそうもなかった。

ゆ び

Yubi

その終末医療の病院を見つけてきたのは、次男の恵《けい》だった。

「ここは、ちょっと他と違っててさ、おもしろいんだよ」

死に近い患者ばかりいる病院のことを、おもしろいと恵は言う。こういう非常識なところがあるから、この子、結婚できなかったんだわ、と有子《ゆうこ》は思う。

「患者のどんな望みもかなえてくれるんだって」

「ふーん」

有子に望みなんてもうなかった。すでに、もっと生きたいという気持ちすらない。そのことを言うと、恵は落胆した顔になる。

「だって、母さん、まだ六十五歳じゃないか」

年齢なんか関係ない。何回も入退院を繰り返すうちに、知りたくもない現実を受け入れざるを得なくなり、そうなると欲望なんて持てば苦しいだけだということを、いやでも知ってゆく。

「私の最後の望みは、あんたが結婚すること」

本当のことをいうと、それだって切なる望みではない。まぁ心配は心配だが、それは息子の恵自身が決めることだと思っている。

来年四十歳になる恵は、はいはいその話ですね、とふんッと笑う。

「そこ、高いんでしょ？　私、本当に最期《さいご》にやって欲しいことなんてないから、フツーのところでいいから」

有子はそう言ったが、恵は自分の貯金をはたいて入院を決めてしまった。

そこは病院というより、大きな図書館のようだった。リゾートホテルのようなつくりで、広いカフェスペースの上は吹き抜けになっていて、壁面は全《すべ》て本棚だった。患者たちも日常を忘れた旅行者のようにゆったりと過ごしている。有子が入退院を繰り返してきた病院は、介護ロボットがけっこうなスピードで行き交っていたが、ここは医師はもちろん、看護師、介護士にいたるまで全てが人間で、ゆったり歩いている。

それだけでも贅沢《ぜいたく》だなぁと有子は思う。

個室の窓から、黄色い花をつけたロウバイの木が見下ろせる。そうか、もうすぐ春なのかと思い出し、自然と笑顔になる。そんな有子のようすを見て、恵が「気に入ってくれた？」と嬉《うれ》しそうに聞く。あんまり嬉しそうな顔なので、

「まぁね。看護師さんの制服もかわいいし」

と有子は答える。恵の言う通り、ここで最期をむかえるのは悪くないかもしれない。有子は荷物をほどきながらそう思った。

入ってすぐに面接があって、今後のプランが決められてゆく。会いたい人とか、食べたい物とか、行きたい場所とかありますか、と担当のケアマネージャーから聞かれる。もう亡《な》くなった人でも、有名人でも、今はない場所でも、リアルに再現できるのだと言う。有子は自分の知らないうちに世の中は、こんなことになっていたのかと驚く。しかし、今の有子にはもう、会いたい人も愛着のある風景も、音楽も、食べ物もなかった。

「じゃあ、考えておいて下さい」

ケアマネージャーは笑顔で、『雪わたり』と書かれた宮沢賢治の本をぱたんと閉じた。本は外側だけで中はパソコンになっている。ここで働く人たちが、みんな一冊ずつ本を抱えて歩いているのはそのせいである。

有子には、すでに食べたい物も行きたい場所もない。たいていの人は、この病気になったと知ると会いに来てくれた。今も定期的に会いに来てくれる人もいる。たぶんここにも来てくれるだろう。それだけで充分だった。

恵が帰ってしまうと、やることはなかった。今までの病院と違って、検査や投薬の時間は短く、何をやっても自由だという。いつまでも起きていていいらしい。見放題と言われると、テレビはさほどおもしろく感じられず、有子は、部屋を出て、一階のカフェにむかう。すでに夜の十二時を過ぎているというのに、明るいカフェに数人の患者たちが集まって、おしゃべりをしていた。

有子は、三階の天井までびっしりと並んでいる本が、本物なのか確認したかった。インテリア用につくられたものに違いないと思ったのだ。しかし、近くに寄って一冊抜き取ってみると、それはまさしく本そのもので、どのページも規則正しく活字が並んでいた。ここにある一冊一冊に、誰かが自分の中にあるものを渾身《こんしん》の力をこめて文字に変えたのだと思うと圧倒される。

白髪の小太りの女性が有子に近づいてきて、

「これはね、お墓」

とささやいた。有子が小太りの女性の顔を見ると、ここに入院した者は、亡くなる前に自分の好きな本を一冊、ここに寄贈するのだと教えてくれた。

「ここで、これだけの人が亡くなったということですか？」

思わず有子が聞き返すと、白髪の女性は、「まさか」と笑って、ほとんどが初代の院長の蔵書よと言った。

「あなた、最期の望みごとはもう決まった？」

そう聞かれて有子は首を横にふる。今日来たばかりです、と言う前に女性は口を開く。

「私は、さんざん考えて、カナダのスキー旅行にしたの」

「そんなこともできるんですか？」

「バーチャルリアリティってやつよ。メガネをかけるだけでいいんですって。やった人の話だと、そりゃもう本物にしか思えないって。でも、その人がやったのは火星旅行だっていうから、本物に近いって言われてもねぇ」

女性はいつ息つぎをしているのか、なめらかに話し続ける。

「ここに来たら考えなきゃなんないことが多くて大変よ。そろそろ寄贈する本も決めなきゃなんないしね」

後ろで、どっと笑い声がおこる。

「なに、何なの？」

女性は、後ろでしゃべっているグループにもどってゆく。残された有子は、本棚を見上げる。会ったこともない人たちだけど、それぞれが死ぬ直前まで、あれこれ悩んだ一冊一冊なのだ。

『草枕《くさまくら》』

『剣客商売』

『飛ぶ教室』

『金曜日ラビは寝坊した』

『はなれわざ』

『たんぽぽ娘』

見栄《みえ》とか義理とかではなく、心からこれだと決めた一冊だ。有子は、その人たちの気持ちが蒸発しそうな気がして、開いた本をあわてて閉じる。他の本を抜き取っては、たんねんに装丁をながめ、開くことなく元にもどす、という作業を繰り返した。しんとした森林が暗い青色で描かれた文庫本を見つけて、とたんに懐《なつ》かしい気持ちになる。かつて、川端康成の文庫本の多くはこの装丁だった。手に取ったのは『掌《てのひら》の小説』だったが、自分は『眠れる美女』が好きだったことを思い出す。

いつだったか、仲の良い女友達と旅行に出かけたとき、申し合わせたわけではないのに、それぞれ一冊だけ文庫本を持ってきていて、しかもそれが同じ『眠れる美女』だったことがあった。山奥の温泉旅館で、その中にある「片腕」という小説を二人で読み、夕食を食べながら、「へんだよねぇ、川端康成」「異常者だよ」などと言い合った。男性が若い娘から片腕を一晩貸してもらう話である。

ふいに、有子は四十年以上も前のことを思い出して顔を赤くする。あの人はどうしているのだろう。顔は知らないが、なぜか、今、会ってみたい気がした。しかし、それをケアマネージャーに言うわけにはいかない。あまりにも非常識なことだからだ。そんなことを口にしたら、色情魔と思われるに違いない。忌《い》まわしい思い出のはずなのに、あれは何だったのか確認したい気持ちの方がふくらんでゆく。

部屋に戻ると、病院から患者に与えられるパソコンに、メールの着信を知らせるランプがついていた。開くとケアマネージャーからだった。望みをかなえるオプションの件ですが、無理をせず、時間をかけて考えて下さい、というような内容だった。

「タンポポの綿毛を空へ吹き飛ばしたいというような方もいらっしゃいました。人それぞれです。ささやかなことでも、恥ずかしいことでも気になさることはありません」

自分に気をつかって、わざわざメールを送ってくれたケアマネージャーの横顔を思い出す。まつ毛の濃い人だった。有子はメールの続きを読んで驚いた。

「実は私は人間ではありません。人工知能搭載のロボットです。人から聞いた望みは、治療が済み次第、すべて自動的に消去されるしくみになっていますので、何でもお申しつけ下さい。ちなみに、ロボットはケアマネージャーだけで、当院の他のスタッフはすべて人間ですのでご安心下さい。患者様の望みは主治医にも伝えないシステムとなっています。何なりとお申しつけ下さい」

有子は読み終わった後、しばらく立てなかった。まさか、あの女性が人間ではないとは思ってもみなかったからだ。動揺がおさまるころには、なら思い切って伝えてもいいのではないか、という気持ちになりつつあった。いったん閉じたパソコンを開いて、返信メールのページを開く。それだけでも、ずいぶん時間がかかった。送るか送らないかは後で考えればよいと決め、とりあえず自分が会いたいと思った気持ちを書きはじめた。

会ってみたい人が、一人だけいます。私はその人の顔を見たことは一度もないのですが、でも、今思うと、とても懐かしい人です。

有子は懐かしいというのはちょっと違うかなと思ったが、他にちょうどいいコトバが思いつかなかったので、そのまま書き続ける。

私がＯＬの頃、今と違って通勤電車は痴漢だらけで、会社に入ったばかりの私はずいぶん嫌な思いをしました。スカートを切られたり、後ろに精液をべっとりかけられたり、降りてゆく私に抱きついたまま、腰を振りつつ一緒に降りてくる男性もいました。途中でやめることができない、という感じでした。もちろん、みんな、スーツの襟に会社のバッジをつけたちゃんとした男の人たちです。一九八〇年代初めの頃の話です。その頃を懐かしがる人もいますが、女性を人間と思ってない男性ばかりだったように思います。そんな中で、ヘンに律儀な痴漢がいました。

その人は阪急電鉄神戸線の西宮北口駅あたりから、そろりそろり手をのばしてきて、十三《じゅうそう》駅が近づくと、その車内アナウンスが合図のように、ぴたりと触るのをやめて、シワになった下着を元あったようにきれいにのばして、そっと消えてゆくのです。まだ十代だった私は声を出せませんでした。他の男の人は当然のように傍若無人に触ってくるのに、この人はおずおずと「すみませんねぇ」という感じで指を忍ばせてくるので、嫌なのに、どこか笑ってしまうような気持ちもありました。その触り方は実直というか、下着の上から電車の揺れに合わせるように規則正しく性器にそってこするだけなのです。なので、最初は、この人、こんなことをして何が楽しいんだろうと思っていました。それにしても謎《なぞ》なのが、どうやってその指が下着までたどり着いているかでした。後ろあきのファスナーだろうが、横あきのファスナーだろうが、気がつくとちゃんと指がスカートの中に入ってきているのです。他の人のようにスカートをまくり上げるのではなく、ファスナーを開けてやってきて、またちゃんとファスナーを閉めて出てゆくのです。当時、私は男性と性的関係を持ったことはなかったのですが、入社当日から、どこに立っても、どのような姿勢でも痴漢にあってしまうので、満員電車というのはこういうものなのかと思っていました。

その頃の女の子たちが持っていたような、触られたら処女の値打ちが下がってしまう、というような価値観を持っておらず、しょうがないなぁと諦《あきら》めていたところもありました。

今思えば不条理なできごとだと思うのですが、当時、学生から会社員になったばかりの私には、会社で起こる全てが不条理の連続だったので、電車の痴漢もそのうちのひとつだったんだと思います。

いつも通り、痴漢に触られつつ、窓の風景をぼんやり見ていました。工場の斜めになった茶色い屋根が、いくつもいくつも飛び去ってゆくのを見送っていると、なんだか、いつもと違うのです。気がつくと、とても気持ちがいいのです。痴漢もいつもより、こすり方が激しい気がして、あわてました。気持ちのよさより、公共の場所で快感を感じている自分が、恐れを知らぬ不埒《ふらち》者のように思えて、バチが当たるのではないかという恐怖の方が格段に大きかったのです。怖くなった私が、その指を避けようと体をくねらせると、実に巧妙に、私がくねった体を逃がすまいと、ぴたッと指がついてくるのです。あまり動いて、他の乗客に気づかれるのは絶対に嫌だったので、どうしよう、どうしよう、と思っているうちに、十三駅がきて、指はおとなしく去ってゆきました。

指はどんどん私の快感を呼び起こすことにうまくなってゆき、思わず声が出そうなときも何度もありました。このまま自分が自分でなくなってゆきそうで怖かったのですが、いつからか、私と指は息が合うようになり、開けた窓からの風を感じながら、朝から気持ちよくなるのは、楽しみのような気にさえなってきました。でも、どんなに気持ちよくても、十三駅が近づくとあっさりやめて、私の下着を整え、指は消えてしまうのです。こちらも、それ以上のことは何もされないだろうという思いもあったので、私は困った人だなぁぐらいにしか思ってなかったのです。

そんなことがどれほどの期間続いたのか全く覚えていないのですが、痴漢行為が終わったのは、たぶん、私が通勤にスカートをはくのをやめてしまってからではないかと思います。会社にある程度慣れてくると、OLたちはリクルート風のスーツをやめて、自分の好きな服装になってくるのですが、私はすぐに会社というものが、大仰でばかばかしいものに思えてきて、ある時からジーパンで出社するようになりました。会社には、女子高生が着るような制服があり、どうせ着替えるのだからいいだろうと思っていたのですが、上司から何度もスカートをはくように注意を受けました。当時、女子大生がジーパンで授業を受けるのを教授が拒否するというニュースがあったように記憶してます。若い女性はスカートをはくのが当然だ、という世の中だったのです。

私がジーパンをはくようになってから、指は進入経路を断たれたのだと思います。だとすると、私の方が裏切ってしまったわけですが、指の方もジーパンの私に興味を失ったのだと思います。

なぜか、四十年以上も昔のことなのに、あの指が懐かしく思えるのです。指のその先がどこにどうつながっていたのか全く想像できず、あれは人ではなかったのではないか、という気さえします。死ぬ前に、できるなら、もう一度会ってみたいのです。

あの指の先に何があったのか、とても知りたいのです。

そこまで書いて時計を見ると、十五分ほどしか経《た》っていなかった。ずいぶん集中していたようだ。少し悩んで、ケアマネージャーに送信した。送るとき「エイッ」と声が出て、自分自身笑ってしまう。有子の体は思ったより疲れていたのだろう。送ってしまった安堵《あんど》感というか、どうにでもなれという居直った気持ちからか、そのままベッドに倒れ込み、眠ってしまった。

そんなことを書いたからか、有子はＯＬに戻って通勤電車に乗っている夢を見た。妙にリアルな夢だった。異常に接近した人の息や匂《にお》いまであって、それは病院生活の長い有子には嫌悪《けんお》の対象というより、むしろ懐かしいものに思えた。電車が曲がったのだろう、ある方向へいっせいに人がなだれるように移動する。有子も人に押されて座席の方へ張り出すような姿勢になってしまう。窓に両手をついて、こけまいと踏ん張る。肩にかけたカバンが人と人の間にはさまれているが、手が窓についている状態なので、たぐり寄せることができない。

気がつくと、有子のスカートの中に、いつの間にか指が忍び込んでいて、勝手に触り始めていた。こっちの両手がふさがっているのをいいことに、指は全てを知っているように、大胆に繊細に動く。有子が知りたいのは、この指の先だった。そんなものに身をまかせている時間はなかった。十三駅に着く前に、この快楽を体からはがさねばならない。今日こそ、その正体を見きわめるのだ。有子は何とか足を後ろにずらして、片手だけで体を保てるようにしておき、もう一方の手をガラス窓から離して自分のスカートの中に入れ、そこで動いている指をつかんだ。そのとたん、カーブにさしかかった車内は、大きく揺れて、片手でささえていた有子の体はバランスを崩し、人の中へ倒れていった。

満員だったはずなのに、まわりの客は体をよけ、有子だけが床に転倒する。しかし、有子は指を離さなかった。離すわけにゆかなかったからだ。この指に、どうしても聞かねばならないことがあったからだ。有子は、指を自分の方へ引き寄せ、大声で叫んでいた。

「どうして、私なのよッ！」

そうだ。何で私なのだ。なんで、私だけがガンにならなければならなかったのだ。まだ六十五歳なのに、友だちは、まだまだ元気で夫婦で旅行に行ったりしているというのに、なのに、何で私だけが死ななければならないのか。不公平じゃないか。床に転んだまま、有子は泣いていた。悔しくて涙が次から次へとあふれてくる。

「どうして、私なのよ」

有子はもう一度そうつぶやいた。そして、涙をぬぐおうと手を当てると、自分がメガネをかけていることに気づいた。メガネなど、かけた覚えはなかった。不審に思いつつメガネを外すと、そこは車内ではなく、有子はひとりきりベッドの上に仰向きで寝ていた。入院してきたときに持ってきたカバンが目の端に入り、ここは自分の病室だと思い出す。カフェで会った小太りの女性のコトバがよみがえる。

「バーチャルリアリティってやつよ。メガネをかけるだけでいいんですって」

今のが、そうだったのかと、有子は左手のメガネを見る。普通のメガネに見えるが、つるの部分がチカチカ小さく光っていた。

有子は、体から無理やりひっぺがした指のことを思い出して、自分の右手の中にあるものを見ると、それは指からほど遠い形状だった。薄いコンニャクのようなシートに小さな突起がびっしりとついていた。荷造りのときに使うぷちぷちした梱包材に似ていた。あれより、うんと小さくした固い突起物が出たりひっこんだり動いている。そのシートにはコードがついていて、パソコンにつながっていた。モニターは明るく、よくわからない数字や図が並んでいて、これもまた目まぐるしく動いていた。突起のあるシートを持つ自分の手は、赤茶けてシワが横に何本も走っており、思った以上に老いていた。

どこか残念に思っている自分に気づいて、笑いそうになる。何がどのように残念だというのだ。この指の先をたどってゆけば、すらりとした青年がいるとでも思っていたのだろうか。苦笑しながらベッドから体を起こす。カーテンが閉められた部屋は薄暗く無音だった。

もしかしたら、と有子は思う。自分は世の中というものを、もう一度見たかったのかもしれない。あのころ、初めてさわった、世間というものに、もう一度、触れてみたかったのだ。あの指こそ、世の中そのものだった。非情で不条理で、自分にはわからない規則や理屈が当然のようにあって、律儀で無礼で、でも礼儀を重んじる。いつも無言で私にこうあれと強要してきた。そんなものに、もう一度会いたかったのだと、有子は思い当たった。

あの指は、スカートをはけと注意した上司ともつながっていたのだと今ならわかる。処女のうちに結婚せねばならないと教えてきた両親にもつながっていた。あぁそうか、と有子は思う。私は世の中に、もう一度会いたかったのだ。非情で、不条理で、力ずくの世の中に。あの問いが、心によみがえる。

「何で、私だったのか」

ふいに自分が一階のカフェの真ん中にいる気がした。天井まで続く本棚の本一冊一冊が、一斉に自分に向かって叫んでいる。

「何で、私だったのか」

すべての本が、すべての活字が、そのことを言っているような気がした。つぶやくように、ささやくように、怒鳴るように、悲しげに、あるいは嬉しそうに。

有子の体から離れたというのに、手に持つシートの突起はまだ、出たりひっこんだりしていた。その動きは健気《けなげ》で、自分自身が、この突起のうちのひとつに思えてくる。ひっこんだままのものもいれば、激しく出たりひっこんだり運動しているものもある。全く動かないものもある。そのひとつひとつが人間なら不公平だと文句を言うかもしれないが、全部が同じ動きをしていたらこのシートは何の役にもたたないのだろう。なぜ自分はひっこんだままなのかと問われて、答えることのできる人などいるのだろうか。それがあなたの人生なのだ、としか言いようはない。

夫と出会ったのも、息子を二人産んだのも、夫の会社が成功したのも、夫が自分よりはやく亡くなったのも、長男がしっかり者の嫁をもらったことも、次男の恵がなかなか結婚しないのも、自分がガンになったのも、それは自分の人生だから、そうなったのだ。

有子に快感を与えるためにプログラミングされた突起のあるシートは、まだ動いていた。自分の役割をはたすべく、ひっこんだり出たりしている。そのシートを裏返すと、フェルトペンで「ＡＭ２：00までに」と走り書きがされていた。それは機械ではなく人間が書いたものだった。さらによく見ると、シートの端は、ハサミで不器用に切り取ったようになっており、切りすぎた部分はテープでとめてあった。そのハサミの使い方や、テープの貼り方に時間がなかったことがうかがえる。

ふいに、会社で社員総動員で資料作りに追われた夜のことを思い出す。ようやく仕事が終わり家に向かう、しんとした早朝の道は、いつもの見慣れた通勤路なのに、なぜか美しく、自分だけのもののような気がした。

手の中のシートを見る。誰かが限られた時間の中、急いでやった仕事に違いない。そうだった、世の中にはこういうこともたくさんあったと思い出す。

私なんかのために、と有子は思う。実にたくさんの人が心を砕いたり、時間を使ったりしてくれたのだ。あのケアマネージャーがロボットだというのはウソだろう。全てが機械で処理され、私の望みが自動的に消去されるなんて、たぶんウソなのだ。おそらく、眠りが深くなる夜中の二時に間に合わせるために、誰かが寝ないでこれをつくってくれた。それは、つまり、今もこの病院の中に、姿を見せず、私に気をつかってくれている人がいるのだ。

そうだった。私はまだ死んでいなかったと有子は思う。まだ、私は、私のよく知っている世の中にくるまれている。外を見たくてカーテンを開けると、空はすでに明るく、一日が始まろうとしていた。しかし、まだ何も動きはじめていない。有子だけの朝だった。

さて今日は何をしよう。昨夜、風呂《ふろ》に入らずに眠ってしまったことを思い出し、部屋についている浴槽に湯をためる。鏡に映った有子の体は、長い闘病で貧弱そのものだったが、それでも浴槽に身をしずめると、湯があふれ出てゆく。指からもらったのとはまた違う快感が、ゆっくりと体にひろがってゆき、あふれた湯が浴室の隅々まで流れてゆく。湯に身をまかせながら、その音を聞いていると、それは全てが溶けだして流れる、春の水の音のように有子には思えた。

かお

Kao

ミカは、体育の時間がきらいだった。運動神経はよく、成績も悪くない。ただ、人前で着替《き》えるのがいやでしょうがないのだ。中学生になると、女の子たちはみんな胸が大きくなり、生理も当たり前のように始まるというのに、ミカの体は二年生になっても小学生のときのままで、生理もまだだった。

そのことに敏感《かん》に反応したのは、ミカ自身より母親だった。生理用品のCMが流れるたびに、母は緊張する。ミカの方をことさら見ないようにしているように思える。話をしていても、CMが流れると突然黙りこみ息を止めるのが、側にいてわかる。

ミカが風呂に入った後、いつも母が自分の脱いだ下着を入念にチェックして、その匂《にお》いまで嗅《か》いでいるのを知っている。その表情は厳しく、何事も逃すまいという目つきだ。それだけではない。ミカが眠っていると、母はそっと忍び込んできて、ミカの足の裏や腕の長さなどを測る。ミカが薄目を開けて見ると、母の顔はやっぱり真剣そのもので、あわてて目を閉じる。

ときどき、一緒にお風呂に入ろうと母は言う。その声は明るく、ミカはそのたびに、なんだ自分の勘違いだったのかとほっとするのだが、髪を洗っているとき、ふいに背骨を触られ、飛び上がりそうになったことがあった。顔を上げると、母は湯船の中で悲しそうな顔をして、天井を見上げていた。母のそんなようすを見ると、心臓からどくどくという音が聞こえてくる。自分がどうあれば、母を悲しませずにすむのだろう、と考えるがまるっきりわからない。母はいつも何かを見つけようとしているのに、それが見つからずイライラしているようにみえた。

あるとき、夜中に起きて台所に水を飲みに行くと、母が明かりのついていないリビングのソファに深く体をしずめて、両手で顔をおおっていた。手には、ミカの靴下を握りしめていた。母は、ミカが立っているのに気づいておらず、うめくように、

「はずれだったかもしれない」

とつぶやいた。

ミカはあわてて自分の部屋に戻ったが、心臓のどくどくはおさまらなかった。「はずれ」とは、どう考えても自分のことを言っているのだ。両親は十三年前に離婚して

いた。ミカは一人娘で、母親の方に引き取られたのだ。「はずれ」とは、つまり自分を引き取ったことを言っているのだろう、とミカは思った。

そう思ってしまうと、体が急激に冷たくなって動かなくなってしまった。暗いリビングにひとりソファにすわった母の姿が何度も頭に浮かぶ。隣の駐車場の明るい看板が、顔をおおっていた両手を青く照らしていた。手の中にあるミカのピンクの靴下は、毒々しい紫色になって、母がそれをぎゅっと握りしめていた。あれは、絶対に見てはいけないものだったのだ。ミカには、そのことだけはわかった。ミカは怖かった。怖さの正体がわからないことが一層怖かった。

しかし、朝になると、その怖さはウソのように消えてしまった。母は忙しげに台所と洗面所を行ったり来たりしていた。それからというもの、気がつけば、ミカは母親の顔を注意深く見るようになっていた。最も気をつけなければならないのは、いつも夕ご飯の後だった。

だが、その日は違っていた。学校から帰ってくると、母が大声で電話で話しているのが聞こえた。

「だって、生理がないんですよ。中二だっていうのに」

ミカは、玄関に立ったまま中に入ることができなかった。

「お願いですから。もう絶対にこんなお願いしませんから。交換してもらうわけにゆかないでしょうか」

「交換」というコトバに、ミカの息がとまり、体が硬直する。自分のことを言っているに違いないと思った。

「わかってます。でも元はといえば、あちらの浮気が原因じゃないですか」

母の声がいちだんとあらあらしくなる。相手が誰なのかわからないが、しきりに母をなだめている様子だった。

母は、しばらく黙って相手の話を聞いていたが、「わかりました。よろしくお願いいたします」と何かを無理やり押さえ込むような低い声でそう言って、ケータイを切った。

あまりに長く静かなので、そっと部屋のようすを見ると、母はケータイを握りしめ、自分が立ったままであることにも気づいてないふうに、ぼんやりと窓の外の駐車場を見ていた。しばらくして、人形のようにゆっくりと目をつむり、再びあけると、それが合図のように大きな水の粒が目のふちからあふれ出てきて、頬をすべるように落ちていった。それはつくりもののようで、ミカは、きれいだなと思った。そう思ったあと、自分も泣きたい気持ちになった。誰にも説明できない、わけのわからないものがあふれてきて、母に気づかれないよう、そっと玄関を開け、外に出て、人に見られない場所をさがし、そこで思いっきり泣いた。

黙って期末試験の結果をみていた母が、突然、夏休みになったら父親の家に行く話だけどさぁ、と口を開いた。何年も前からミカと計画しているような話し方だったが、初めて聞く話だ。ミカは母が離婚してから父親と会ったことはない。そもそも母は、父親の話なんて、今までしたこともなかった。今さら父親といわれても、赤ん坊のときに別れたきりなので、顔さえ知らない。

最初は夏休みに母と二人で父親の家に行く話だと思って聞いていたら、どうやら自分一人で行くということがわかってきて、ミカは困惑した。しかも、それは夏休みが終わってもずっと父の家にいなければならないということらしく、ミカは母が電話で話していた「交換」というコトバを思い出す。自分はたぶん、「交換」されるのだと思った。

ミカにそのことを伝えてしまうと、母は突然よく笑うようになった。眠っているときに腕や足の裏を測ったりしなくなったし、一緒に風呂に入ろうともしなくなった。ミカは、母が急速に自分への興味を失ったように思えて、不安で泣きそうな気持ちになった。

終業式の日、ミカは教室でお別れの挨拶《あいさつ》を言い、友人たちに「みかぁ～～」と抱きつかれ、小さな花束とお揃《そろ》いのマグカップをもらった。別れ道でいつまでも互いに手を振りあった。ミカは一人きりになってしまうと、もらった物を入れた紙袋が急に重く感じた。この街を出ていってしまうんだということは頭ではわかっているのに、どこか本当のことのようには思えない。

石垣の塀にぶら下がった蔓《つる》に、オレンジ色の花がびっしりついていた。いつもこの花の名前が気になっていたのに、調べずそのままだったことを思い出す。そうか、この花を見ることももうないのだと、ミカは思う。ミカの中から突然、何かがこみ上げてきた。このオレンジ色の花を全部むしり取りたいような衝動だった。しかし、ミカはそれをしない。家に帰ったら、何の花なのか調べよう、もうすぐ私の家じゃなくなるけど、でも、私の家に帰ったら調べよう、とミカは思った。

次の日の朝、ミカが家を出る日、母は、

「鍵《かぎ》持った？」

といつものように聞いた。その言い方があまりにもいつも通りだったので、ミカは今までの全部が自分の思い違いだったんじゃないかと期待した。しかし、母の方はす

ぐにミカはもどってこないのだということに気づき、

「そうか、鍵、いらないわよね」

と、ちょっとさびしそうな顔をした。

ミカがスカートのポケットから鍵を出して母に渡すと、母は泣きそうな顔になった。泣きそうだけど、涙は出ていなかった。

近くの停留所でバスを待っていると、母は唐突に、

「お母さんのこと、好きだった？」

と聞いた。

ミカは混乱した。今、「好き」と答えればこのまま元の家にもどっていいことになるのだろうか。このまま、この街に住むことを許してくれるのか。チラッと母に目をやると、母は何も読み取らせない表情をしていた。ミカが答えられず黙っていると、バスがやってきた。母から荷物を渡され、のろのろと乗り込む。ふりかえると、やっぱり読み取れない表情の母が立っていた。

「私は——」

ミカが口をひらくと、母は話を聞く人の顔になった。

「私は、私がお母さんで、お母さんが私だと思っていた」

母は、何を言われたのかわからないといった表情だった。

バスのドアが閉まり、ミカは一番後ろの席に座る。後ろの窓を見ると、母がぼんやり立っていた。バスが出発して、母の姿が小さくなってゆく。本当は小さな点になるまで見ていたかったのに、バスが大きく揺れて交差点を右に曲がると、ばっさり切り取るように母の姿は消えた。

新神戸駅に降りると、空が海へ向かってどこまでも広がっていた。母と住んでいた街の空は、こんなに広くなかったとミカは見上げる。着古したウグイス色のポロシャツに、ジョニー・デップみたいな帽子の男性が、ミカに手を振り近寄ってくる。まるで、つい先日会ったかのような気安さで、

「お疲れぇ」

と笑い、ミカの荷物を受け取った。

「お腹《なか》すいてない？　何か食べる？」

男は媚《こ》びたような言い方ではなく、本当に心配してくれているような声だった。ミカは、感じのいい男の人だなと思う。

父は車を持っていなかった。

「せまい道ばっかで、しかも坂でさ、車より歩きの方が楽な場所なんだよね」

父は、自分の住む街をそんなふうに説明した。地下鉄とＪＲを乗り継いで降りたのは、海に近い小さな駅で、駅前の魚屋は網をぶら下げ、小さなカレイを干していた。そこから五分ほど上ったところが父の家だった。

「緑色の屋根なんだぜ」

と父は自慢した。緑色のどこがすごいのか、ミカにはわからなかったが、父は、

「いいだろう？　緑色の屋根」

とミカを見た。

父の家は、ミカが住んでいたマンションと違って、古い建物なので、階段はぎしぎし鳴るし、窓は力を入れないと開かなかった。

ミカが力をふりしぼって、ようやくサッシを開け庭に出ると街を見下ろせた。目の前には海が広がっていて、その海の手前を電車が走り抜けてゆく。ちょうど日が暮れてゆくところで、だいだい色の海を背景に電車が走るごとんごとんという音と、ゆっくり横切ってゆく小舟のポンポンという、のどかな音が風にのって聞こえてくる。

そんな音を聞いていると、体が脱力してゆくようで、本当に私はこんなところに住むのだろうかと、まだ半信半疑の気持ちがぬけなかった。

父は、いつの間にか台所に入って、フライパンで何かつくっていた。ケチャップの匂いがする。ミカが入ってゆくと、父が卵を片手で割りながら、ふりむかずに聞いてきた。

「食べられないものある?」

「ずり」

ミカが答える。

「なに、それ」

父は、本当に知らないようだった。

「ハマチのお腹ンとこのお刺し身」

「あぁ、早苗さんの好きだったヤツかぁ」

「だったじゃない。今も好き」

ミカがそう言うと、父は振り返り、

「えッ、オレ、今、過去形だった?」

とあわてた。

「そっか、オレ、過去形で話してたかぁ」

今度は自分に聞かせるように、そうつぶやいた。

勝手口のついた小さな台所に、六畳と三畳の部屋があって、二階にも小さな部屋が二つあると父は言った。そこのひとつがミカちゃんの部屋だから、と続けながら、細長い少しガタついた木の机を拭いた。

「この机はね、昔、着物を裁断するのに使われていたものなんだよ」

目玉焼きと炒《いた》めたソーセージが二本、そこにケチャップがいやというほどかかっているお皿を、ミカの前に置く。一応、正面があるらしく、それがミカの方へ向くように、父はくるりとお皿をまわした。

食器は、お揃いだった。お皿だけではなく、コップも箸《はし》もそうだった。しかも、コップは水玉模様でいかにも女の子の喜びそうな色合いだったので、ミカは思わず父を見た。

父はミカが食器を見て不審に思っているのに気づき、少しあわてた。ミカのために新調したものでないのは、お皿に薄く入ったヒビを見ればわかる。箸だって、持つところがはげていた。

ミカが料理を見つめたまま食べないので、父は困ったように腕を組み、天井を見上げ、う〜んとコトバを探していた。しばらくして、思い切ったようにミカを見て、

「早苗さんから、どこまで聞いてるの？」

と聞いた。「どこまで」というコトバに、ミカはとまどう。それを見て父は、

「そうか、何も聞いてないのかぁ」

と肩を落とした。

「ボクたちが離婚したのは知ってるよね？」

ミカはうなずいた。

「ミカが生まれてすぐのとき、オレたち離婚したの」

父はそう言って、水をごくりと飲む。

「でね、ミカをどっちが育てるかで、ものすごくもめたのよ。でもさ決着がつかなくてさ。でね」

父は、もう一度水を飲んだ。今度は酒をあおるように一気に飲み干した。

「もう一人つくることにしたんだよ」

「つくるって、私を？」

「うん、もう一人」

「妹ってこと？」

「じゃなくて、ミカと同じ子供をつくったんだよ」

ミカは、父が何を言っているかよくわからなかった。

「つまり、人工知能ロボット？　ミカ、そっくりの。アンドロイドっていうやつ？」

何を言っているんだろう、この人は、というミカの目に、

「ウソじゃないんだって。本当なんだって」

と父はあわてて言うが、ミカには信じられなかった。学校の噂《うわさ》で、あそこのコンビニの店員はそうらしいとか、テレビのタレントの中にもいるらしいという話は聞いたことがあるが、まさか自分の身近に、しかも自分にそっくりのアンドロイドがいるなんて、すぐには信じられなかった。

「とにかく食べようか」

と父はソーセージにかぶりついた。

「じゃあ、私とそっくりのアンドロイドが、お母さんのところへ行って、そのかわりに私がここに来たってことなの？」

「うん、まぁ、そーゆーことになるかな」

父は目玉焼きの黄身をちょっとつぶして、そこに醤油《しょうゆ》をたらした。

「お母さんは、私よりロボットの方がよかったってこと？」

「早苗さんは神経質な人だから」

父はそう言いながら焦《こ》げた白身をかんだ。

脱衣所で自分の下着を嗅いでいた母を思い出す。そうか、私、汗をかくから嫌われていたのかとミカは思った。ミカのお腹が鳴った。新幹線の中でじゃがりこ一箱食べたきりだった。母はこうやってお腹を鳴らすのもイヤだったに違いない。もしかしたら、ゴハンを食べるのもイヤだったんじゃないだろうか。夜になると腕や足の裏を測っていたのは、自分の娘がどんどん大きくなるのがイヤだったのだろう。

ミカの中から涙があふれ出てきた。声を出さずに正座したまま、握った両手を膝《ひざ》に置いて、ただ静かに泣いていた。父は顔を上げると、食べるのをやめてミカを見た。

「ごめんなさい」

ミカは泣きながら、ふりしぼるようにそう言った。

「ごめんなさい。ごめんなさい。汗をかいてごめんなさい。ゴハン食べてごめんなさい。大きくなってごめんなさい」

ぬぐってもぬぐっても、ミカの体の奥から涙が吹き出してくる。

父は箸で、ソーセージをつまんだままぼうぜんとしてミカの声を聞いていたが、突然立ち上がると、トイレに向かって走ってゆき、扉を開けたまま便器に頭を突っ込んで嘔吐《おうと》した。

食べ物を吐く音を聞いて、ミカが涙をぬぐってトイレに行くと、父はもう吐くもの

が何もないはずなのに、まだうぇっうぇっと便器に向かってえずいていた。後ろにミカが立っていることにも気づかず、

「なんてことをしてしまったんだぁ」

と獣が吠《ほ》えるように叫び、トイレの床に自分の頭を打ちつけた。

父と母は、あまりにも長く争っていたので疲れきっていた。結論が出ないことに二人はいらつき、日常生活が送れなくなっていた。だから、こういう解決法もありますよと、ある企業に提示されたとき、そんなバカなとは思えなかったのだ。

最近のアンドロイドは、本物とかわらないです、というセールストークは本当だった。血液、汗、涙、唾液《だえき》などの体液も出るし、お客さまにわからないように成長した体に変えさせていただきますので、人間と信じきって一緒に生活できます。それがわが社の売りでして、今はメンテナンスもいりません。不調が出たときは、お医者さまに連れて行ってもらうだけで、弊社に連絡がきて調整するシステムになっております。お客さまが、ロボットだと気づく瞬間は決してありません。

そう言われても二人は半信半疑だったが、実際に出来上がった赤ん坊を見ると、実の親が見ても判別できなかった。

母が最初に選ばせて欲しいと言い張り、二人のミカを丹念に調べた。それは損をしないよう、商品を見比べているようで、見ていて気持ちのいいものではなかった。母は、親指の爪の根元が逆むけになっているのを見つけ、そちらのミカを連れて帰った。しかし、後になって、それだって誰かがつくろうと思えばつくれるということに気づき、そのことを考えると母の不安は日に日にふくらんでいった。もしかしたら、自分は、だまされたのかもしれない、と母は思ったのだ。何度も交換してくれと弁護士を通じて言ってきたが、父は受け付けなかった。そのことが、母の疑惑を深めていった。

「じゃあ、私がロボットかもしれないの？」

父の話を聞き終えてミカが聞くと、父は苦い顔をして「うん」とうなずいた。

「人間という可能性もあるってこと？」

「うん、ある」

「どっちなの」

「わからないんだ」

そう言って父は両手で顔をおおった。それは、ミカが夜中に見たあのときの母と同じように見えた。

たった一日で、ものすごく遠くへ来たような気がした。自分の知っている世界はもうこの地球上にないのだと、ミカは思った。


朝、部屋に風が通り抜けるのを感じて、ミカは目を覚ました。昨日閉めたはずの窓があいている。父があけたのだろう。ミカは布団《ふとん》から半身を起こし、揺れるカーテンと、窓の向こうにある朝の海を見ながら、ここが高台にある古い一軒家で、今、自分はその二階にいるということを思い出した。

部屋の隅にあるタンスには、前にここに住んでいた、自分ではないミカの服がまだ置いてあった。ミカ弐号の、ミカが勝手にそう名付けただけだが、彼女の服はボーダーやチェックばかりで、男の子っぽかった。父の趣味なのだろうか。

控えめなノックの音がして、父が顔をのぞかせる。

「泳ぎに行こうか?」

「今から?」

「うん、漁港の横に、ちっちゃな海水浴場があるんだ」

「水着、持ってきた」

「じゃあ、水着に着替えて十分後に台所に集合な。朝メシちゃちゃっと食っちゃって、でかけよう」

そう言って、父は下へたたたたっと気持ちいい音をたてて下りて行った。

ミカは、母が買ってくれた、きれいな水色にクリーム色やグリーンの泡の模様がついた水着をカバンの底に沈め、かわりに紺色のスクール水着をひっぱり出す。カバンから出てくる服はどれも母親が選んだものだった。お金を払うときに、いつも母は「本当にこれでいいのね？」とミカに念をおす。すると急に不安になって、結局、母の選んだ服の方にしてしまうのだった。

ミカは、水着の上からタンスの中にあったボーダーのTシャツとデニムのオーバーオールを着て下におりると、父はふかしたトウモロコシを包んでいるところだった。

「海水浴場と言っても、ほんとにちっちゃいところだからね」

と言って父は顔を上げると、ミカを見て絶句した。

「タンスのやつ、勝手に着て、悪かった？」

とミカが聞くと、父は、

「いや、ミカがいるのかと思った」

と言った。そう言ってしまって、父はあわてた。

「えっと、つまり、そういうつもりじゃないんだよ。ミカはミカなんだし。何言ってるンだ、オレは」

父は、しどろもどろだった。

ミカにはわかっていた。父が思っているミカと自分は違うのだ。父にとってみたら、私は偽物《にせもの》なのだ。ならば、私は誰なのだろう。誰として、ここに居ればよいのだろう。

もしかして、ミカ弐号は私の方だったのかもしれない、とミカは思った。

お弁当に入りきらなかったオニギリと、刻みすぎたキャベツを入れたみそ汁を、会話もなく、もそもそと食べてしまい、二人は黙って玄関を出た。父は丸めたゴザをかつぎ、リュックを背負って、クーラーボックスをたすきがけにしていた。もう何年も使っているらしいビーチサンダルをぺたぺたさせながら坂を下ってゆく。

「ミカちゃん、ごめんね」

先を歩く父は前を向いたまままあやまった。

「オレはさ、本物とか偽物とか、そんなことで騒いでる早苗さんを心底バカにしていた。なのにさ、オレ自身が慣れ親しんだ方を本物のミカだと思い込んでた。頭、固いよな」

父は大きくため息をついた。

「時間ってやつにはさ、あらがえないのかなぁ」

父は、ミカが黙っているので本当についてきているのか急に不安になったらしく、振り返る。ミカがいるのを見て安心して、笑顔をつくった。

「オレ、時間かけて、つくっていくから」

父は何をつくるのかは言わなかったが、ミカは、そのコトバに黙ってうなずいた。

父が、坂道をぺたぺた下りるたびに、かかとの裏が見える。そこにはニコちゃんマークのように、丸い目と大きく笑った口が描かれていた。

「足の裏に顔が描いてある」

ミカがそう言うと、父は気づいてくれたことに嬉しそうな顔をした。

「ちっちゃいとき、こうしてやるとミカが喜んでさ。十三歳のミカにも見せてあげようと思って」

父は顔が見やすいように、かかとを普通より高くあげて歩いていく。

「うん、おもしろいよ」

とミカは言ってから、もっと面白そうに言えばよかったと後悔する。顔のついたかかとを見ていたら、父もまた寂しいのだろうということが、伝わってくる。父にしてみれば、本物のミカが突然いなくなって、それをなんとかうめようと必死なのだ。今、海へ行こうとしているのも、そうなのだろう。

坂道を下ってゆきながら、父のかかとの笑顔が、コマ落としのように、あらわれては消えを繰り返す。右が本物なのか、左が本物なのか、見分けられるのを恐れるように、せわしなく動いていた。

海水浴場は、本当に小さかった。海岸はほとんど砂利で、寝そべるとゴツゴツした。それでも父の持ってきたゴザにすわり、冷たい飲み物を飲みながら、海の風にあたっていると気持ちがいい。

父は泳ぎがうまかった。泳げないミカも一緒に浮輪をつけて沖に出る。こんなに岸から離れたのは初めてだった。足は、ずいぶん前から海底に届かず、宙を歩いているような、たよりない気持ちだった。突然大きな波がやってきて、海水を飲み込んでしまう。思っている以上にしょっぱく、ミカは父の腕にすがりつく。父は笑いながら、「もっと沖へ行くぞ」と浮輪のミカを引っぱってゆく。ミカが空を見上げると、鳥が横切ってゆくところだった。あの鳥から見たら、私たちは広い海に二人きりで、たよりなく浮いているんだろうなぁと思った。そして、私はここで本物のミカになってゆくのかなぁと思った。時間が経って、父の知っているミカになってゆくのかなぁ。海の水はぬるく、そうなるのは悪くないことのように思えた。

夏休みがそろそろ終わろうというころ、突然、母から父に電話がかかってきた。電話を切った父は、台所に戻って、乱暴にフライパンを洗った。洗濯した衣類をたたむのも、タンスにしまうのも、いつもより乱暴だった。「ふざけてる」と口に出して、ゴミ箱をけっとばした。ミカは、そんな父を見るのは初めてだった。

時間が経って、少し冷静になった父がミカに、

「母さんのところへ戻るか？」

と聞いた。そういう父の顔は無表情で、ミカは父の真意を読み取れない。

ゴミ箱をけっていても、本心は前からここにいたミカに戻ってきて欲しいはずで、そうなると、父の知っているミカになろうと決めた自分は、どこに行ってしまうのだろうと心細くなった。

「父さんは、どうして欲しいの？」

そう聞くと、父は黙ってしまった。

「オレのことはいいんだよ。ミカがどう思うかだよ」

ずるい言い方だとミカは思った。そもそも、自分たちがここにいるのは、父と母それぞれが自分の手元に置きたいと考えたからで、今さら、「オレのことはいいんだよ」

は、ないんじゃないかとミカは思う。しかし、それを自分が口にすると、また父はトイレで吐くかもしれない。

「相談する」

とミカが言うと、父はびっくりした顔になって、

「誰に？」

と聞いた。父はおびえているようだった。自分たちのやったことを誰かに話されるのを、恐れているのだろう。ミカが相談できるのは、一人しかいない。

「うん、自分に聞いてみる」

とミカが言うと、父は「あぁ」と安心した顔になった。

父はミカが相談したいと言ったのが、ミカ弐号だとは思ってもいなかったようだ。

ミカは、父に置き手紙をして家を出た。何としても、もう一人の自分に会っておきたかった。向こうが今の生活に満足しているのか、やっぱり父の家に戻りたいのか、二人で話し合っておく必要があると思ったからだ。

母のマンションを出たのは一ヵ月ほど前なのに、その前までくるととても懐かしい建物に思えた。ミカの部屋はカーテンが閉まっている。まだ二人とも眠っているのだ

ボ　ロ　ゲ　カ

ろうか。

　すると、母がマンションから出てきた。ケータイで何か話しながらゴミ袋を捨てている。ミカが見たことのないブラウスだった。たぶん、ミカ弐号といつものデパートに行って買ったのだろう。弐号にも「本当にこれでいいのね」と言ったのだろうか。ケータイを切った母はカーテンの閉まった部屋を見上げると、ため息をつき、そのまま駅の方へ歩いて行った。

　母の姿が消えるのを待って、ミカは呼び鈴を押した。「はい」という不機嫌な声が返ってきたが、「ミカです」というと、すぐにカギをあけてくれた。

　玄関が開くと、ミカ弐号はパジャマのままだった。あまりにも自分とそっくりだったので、ミカは笑いそうになる。それは相手も同じらしかった。弐号は、今は自分のものとなった部屋にまねき入れ、ベッドの上であぐらをかいて、「ども」とミカへ頭を下げた。ミカも黙ったまま頭を下げる。こんなときに、自分とそっくりの人間に、何を言えばいいのか思いつかない。

「知ってるかな」

　弐号の方が口を開いた。

「契約、破棄するんだって」

「ケーヤクハキ？」

「つまり、ロボットの使用契約を途中で打ち切るってことよ」

母からの電話は、そのことだったのかとミカは納得する。

「どうして、そんなことになったの？」

ミカが聞くと、

「あんたの母《かあ》さん、ヘンだよね」

と弐号に言われて、ミカはちょっとムッとなる。

「私のじゃない。私とあんたのでしょ？」

「そーだけど、ヘンだよ。私に人間らしいことしてみせろって、ものすごく怖い顔して言うんだよ」

ミカには、そんなことを言う母を想像することができる。

「だから、私、ひっぱたいてやったの、母《かあ》さんを」

ミカは、びっくりして弐号の顔を見た。

「そーゆーの人間的かな、と思ってさ。そしたら、母さん、混乱しちゃってさ。会社に電話したんだよね、お宅のロボットは暴力をふるうのかって。向こうは、そういう質問には答えられませんって言ってるみたいだった。なんか、すごくもめて、で、母さんの方が、もうこんな生活イヤッ、解約するって言いだしたみたいなんだよねぇ」

「で、ケーヤクハキ？」

「そう、勝手でしょう？」

「ハキするとどうなるの？」

「両親が違約金を払って、ロボットは回収されて、それでおしまい。最初からなにもなかったことになるんじゃないの」

「そんなッ」

ミカは絶句する。

「つまり、私たちのどちらかが回収されるのよ」

とミカ弐号は自分の首を切るしぐさをしてみせた。

海の見える、あんなのんきそうな家の中で、そんな怖い話を電話でしていたとは、ミカは思ってもみなかった。父が乱暴になったのは、そういうわけだったのだ。

「で、どーする？」

と弐号は聞いた。ミカは、どうするという選択肢が自分にあるとは思ってもみなかった。

「このまま殺されるの待つ？」

ミカは目を見ひらく。何もしないということは、殺されるということなのか、とミカはようやく気づいた。

「私たち、どーする？」

弐号にもう一度聞かれ、ミカは顔を上げた。

「逃げよう」

それを聞いた弐号はニッと笑った。

「そうこなくっちゃあ」

ミカには貯金が十八万円あった。それを聞いた弐号は「楽勝じゃん」と手をたたいた。

「ケータイは置いていった方がいいと思う」。GPSで居所を突き止められるからだと弐号は言った。ミカは「そーだね」と言ったが、ケータイを持たずに出かけたことなど一度もなかったので、置いていくふりをしながら、充電器と一緒にそっと自分のカバンの中にしのばせた。

二人は、とりあえず少し電車に乗って、大きな駅前にあるマンガ喫茶で時間をつぶし、夜になると買い物に出かけ、ファストフードを食べ、またマンガ喫茶にもどって少し眠った。

契約していたロボットの会社のCMがビルのパネルに流れているのを見ると、ミカは目をそらして早歩きになる。地球規模で展開している企業なのだ。ミカはどこに逃げても無駄なのではないかとおびえた。弐号は、そんなミカを笑った。

「うちらみたいなの回収するために、金かけて追いかけてくるかな。企業にしてみれば、そっちの方が損じゃん」

ミカは、弐号にそう言われると、そんな気もした。

親のいない買い物は楽しかった。弐号は、母と違って何を着ても、「いいね」と言ってくれた。ミカには、あれがいいとか、これ着てみなよ、と口を出すくせに、弐号はスカート一枚試着しようとしない。自分は何を着ても似合わないのだと言い張った。

「私が大丈夫なら、そっちだって大丈夫なんじゃないの？　同じ顔なんだし」

とミカが言うと、弐号は、

「コンプレックスっていうのは、自分だけにしかわからないもんなの。顔が似てても、私だけのものなんだよね」

と言った。

でも、せっかくだからと、二人でおそろいのTシャツを買った。赤いビニールテープで文字が書いてあって、洗濯したら一発でダメになりそうなものだった。二人は

「ＹＥＳ」と書かれたものを選んだ。

同じ紙袋をぶら下げて夜の歩道を歩いていたミカ弐号が振り返り、唐突に「私のこと覚えていてね」と言った。

「なに言ってるの、回収されるの、私かもしれないじゃん」

「いや、私みたい」

弐号は真面目な顔で言った。

「なんで、そんなこと言うのよ」

ミカは不安になって怒った声で言う。

「私、自分の名前を思いだせないんだよね」

弐号は笑いながらそう言った。

「ミカだよ、ミカ」

ミカは必死に言うが、弐号は首を横に振り、力なく笑いながら言う。

「ごめん、全然思い出せない」

ミカの顔がどんどん曇ってゆくのを見た弐号はおどけたように言う。

「でも大丈夫、まだマンガ喫茶への帰り道は覚えているからさ」

それでもミカが不安そうな顔をしていると、弐号はスキップをしてみせた。ほら、こんなこともまだできるし、大丈夫だって。

弐号のスキップは健気《けなげ》すぎて、ミカは泣きそうになる。両親は契約書にハンコを押してしまったのだと思った。二人に対して怒りがこみ上げてくる。ひどい。ひどすぎる。どちらか一方が回収されるとわかっていて、なんでそんなことができるのだろう。私たちのことを、自分の持ち物だとしか思っていないのだ。一緒に暮らした時間に、意味などなかった。

「絶対に許さない」

気がつくと、ミカは、声に出してそう言っていた。お父さんもお母さんも、絶対に許せない。そしてミカは声を出して泣いた。

弐号は、ミカの背中を優しくなでながら、

「ようやく、怒ったね」

とささやいた。

「あんた、いい子すぎるんだよ」

そうなのかなと、ミカは泣きながら思う。

「私はさ、いつも怒ってたなぁ。それもどうかと思うけど、あんたは、人の気持ちに左右されすぎ」

確かに、そうかもしれなかった。弐号がいなければ、こんなところに来ていなかっただろう。

弐号は、いつの間にか買ったばかりのTシャツを着ていた。赤いビニールテープの「YES」という文字が、今にもはがれそうにぴらぴらしている。それはいかにも安っぽく、いつも「YES」と言って生きてきた自分のようだと、ミカは思った。

マンガ喫茶で眠った次の日、弐号はミカのことを覚えていなかった。記憶が徐々に初期化されているようだった。それでも、ミカが説明すれば、弐号はなんとか理解してくれる。

ミカは弐号の食べ物を買いに一人で街に出た。そこでばったり、前の中学で花束とマグカップをもらった同級生に会った。懐かしがる友人たちと何とか別れ、大急ぎでマンガ喫茶に戻った。この街にいるのはやばいと思ったミカは移動しようと言ったが、弐号はすでに手足が動かない状態だった。夜になるのを待って、マンガ喫茶の精算をすませ、ミカは弐号を背負って外に出た。背負われた弐号は人形のように、ぐったりしていた。どんどんしゃべるコトバも減ってゆく。ミカは泣きそうな気持ちだった。自分たちをこんな目にあわせたものに対して、ふつふつと怒りがこみ上げてくる。それだけが歩く原動力だった。

背負われた弐号が、不安定な発音で言う。

「アナタガ、イカッタトキ、ワタシトトモニアル。ヒトリデハナイ。ワスレルナ」

もちろん、ミカは忘れない。家にいたとき感じた悲しみは、母のものだった。でもこの怒りは自分のものだった。弐号からもらった怒りこそ、自分そのものだった。

弐号の重みが、どんどんミカを消耗させてゆく。自販機の横に弐号を下ろして、飲み物を二つ買ったが、弐号はもう飲むこともできない様子だった。あッという間にミカのペットボトルの水はなくなり、弐号の分も飲む。いったん座り込むと、もう動くことはできなかった。弐号の唇がかすかに動いた。

「タスケヲモトメナサイ」

ミカが動こうとしないと、もう一度強く言った。

「タスケヲモトメナサイ」

ミカはのろのろと立ち上がり、弐号から見えないところに場所を移し、カバンの底からケータイを出して、電源を入れて、アドレス帳を開く。母の名前が目にとびこんでくる。少し躊躇《ちゅうちょ》した後、母に電話をかけた。もし「どっちのミカ?」と聞いたりしたら、すぐに切ってしまおう、とミカは思った。母はすぐに出た。

「もしもし、ミカ? どこにいるの?」

母の切羽詰まった声を聞いて、ミカは気がゆるみ泣きそうになる。思わず弐号の方を振り向くと、そこには誰もいなかった。弐号は、手品のように回収されてしまっていた。ミカは、そうなることは、わかっていたような気がした。

「もしもし、ミカ？」

母の声のするケータイを耳に強くあてる。

「あんた、どこにいるのよ」

母の声は、何か言ってやらないと今にも泣き崩れそうだった。

「うん、大丈夫、まだ家への帰り道は覚えているからさ」

弐号がミカに安心させるために言ったセリフだった。電話の母は「なにいってるの」と鼻をつまらせながら、ほっとしたような声を出す。

ふいに弐号に背中をさすってもらったことを思い出してミカの目に涙があふれてくる。もし回収されるのが自分だったらと思うと、弐号の恐怖と痛みははかり知れなかった。なのに、なぜあんなにやさしかったのか。

「ワタシトトモニアル」と弐号は言った。彼女がそういうのならそうなのだ。弐号のはかり知れない痛みとともに生きてゆけということだ。その痛みの実感は弐号のものだけど、それはたしかにあったということをミカは知っている。知っているのだから、ミカもまた誰かの背中をやさしくさすれと言っている。今、自分がこんなふうに思っていることは、父と母にどんなに説明しても伝わらないだろう。ミカが弐号の居た場所に目をやると、自分の飲みほしたペットボトルが二本、アスファルトの上に立っていた。それらの口はしっかりと閉められていて、自分たちはゴミではないというように空へ向って起立している。

ミカは、今自分が感じてるこのことが伝わらなくてもかまわないと思った。しかし、それでも父と母に伝えなければならない。ミカはケータイを握りながら本当にそう聞こえればいいのにと思いつつ声を出す。

「大丈夫だから」

母はうんうんとうなずき、ティッシュをまるめて鼻をかんでいるようだった。

その音を聞きながら、自分は今、父と母が立つ、さらにその先の景色を見ているのだと気づく。

「大丈夫だから」

ミカは、誰のものでもない、自分自身の未来に向って、もう一度そう言った。

あせ

Ase

「最近、小説のようなものを書いてるみたいなのよね」

と妻の友美が言った。

チカダは夕飯を食いながら、それが誰の話なのかわからないまま、ふんふんと聞いていた。聞きながら、なんで夕食に目玉焼きとベーコンなんだと思ったりしていた。もちろん、声に出して言ったりしない。それがきっかけで、話がどんなふうに展開してゆくのか、考えるだけで面倒だ。

チカダがカリカリをとおりこして、すでに炭になったベーコンを噛《か》んでいると、

「それがSFみたいなのよね」

と、友美はなぜか声をおとしてそう言った。

日常にそぐわないコトバに、チカダは顔を上げ、

と聞き返した。友美は、チカダがようやく興味をしめしたことに手ごたえを感じたのか、少し前のめりになる。

「そーなの、SFなの。心《こころ》にそんな趣味があったなんて、あんた知ってた？」

心というのは、小学校五年生の息子のことだった。

心のことだったのかとチカダは思う。そうか、心がSF小説を書いているのか。しかし、またなんでSFなんだろう、とチカダがつぶやくと、

「でしょう？」

と、ようやく共感してもらえたのがうれしいらしく、友美は得意そうに言った。

土曜の昼下がり、リビングのテーブルに心のノートが出しっぱなしになっていた。チカダが何げなく手に取ると、表紙に赤いフェルトペンで大きく「雨雨クローバ雲団」と書かれていて、そのまわりに雨粒のつもりか、しずくの形のものがたくさん浮かんでいた。それは涙のようでもあり、火の玉のようにも見えた。チカダは、これが心のSFかぁと、台所からビールと柿の種を持ってきて、改めてリビングのソファに座り、ノートを開いた。

登場人物、植物ロボットぱろろ、と書いた文字の下に、擬人化された四つ葉のクロ

ーバのイラストが描かれていた。手の先が銃のようなものになっていて、その横に泥棒のようなヒゲの濃い男がとほほという顔で縛られている。

二四五九年、植物ロボットが地球を警護する任務を課される。植物に人工知能が搭載され、犯人がどこに逃げようとも植物のネットワークで追い詰めてゆく、という話だった。

植物ロボは、裁判所と刑の執行の役目も負っているらしく、地球上の植物たちがネットで協議して有罪か無罪かを決めるらしい。今まで犯罪をおかしたことのない者が裁判をやるのが公平なのだ、その権利があるのは地球上で植物だけだ、と心は書いていた。

有罪になると、植物ロボは昆虫を誘導して刑を執行するという話なのだが、その部分の描写は虫が犯罪者の全身を食いちぎるというけっこう残酷なもので、チカダは思わずノートから顔を上げた。

子供の書くことだからと頭では気楽に思っているはずなのに、なぜかチカダは、心臓が口のあたりに詰まっているような心持ちになる。友美に言うと、きっと大事《おおごと》になるに違いなかった。言わない方がいい。心には、自分からさりげなく話してみよう。

チカダは、ふいに教室の匂《にお》いに包まれる。かつて自分と教室にいる生徒たちの間に、いつも膜のようなものを感じていたことを思い出した。心は、毎日行っている教室をどんなふうに感じているのだろうとチカダは思った。

心と話すと決めて一週間も経《た》つというのに、チカダはいまだに声をかけることができずにいた。目の前にいる心は、リビングの床にぺたりとすわり、開いた「雨雨クローバ雲団」のノートに、何やら熱心に絵を描き込んでいた。洗濯物を抱えた友美が、「床、汚さないでよ」と叫んでいる。心は返事をするのを忘れるぐらい熱中していた。チカダにはわかる。心が今描いているのは、虫が人間を食いちぎっているシーンに違いなかった。足のあたりから血を思わせるものが出ているのが見える。それは、マンガのように派手に飛び散るものではなく、どちらかというと地味な流れ方で、むしろリアルな感じがした。

チカダは、一瞬にして自分が中学生に戻ってゆくのがわかった。暗い階段の下でじっと待っていた時間。あのとき、自分は何を待っていたのだろう。すべてがウソくさく思えていた。そうだ、今日こそ正体を暴《あば》くのだと繰り返しつぶやいていた。階段下にすわっていた自分の前を、短いスカートからにゅっと出た浅黒い足が通りすぎて行こうとしていた。それは、こんがりと焼き上がったばかりのホットケーキの表面のように見えた。汗をかいたのだろう、肌は膜がはられたように光ってる。まさしく、バターをまんべんなく塗りたくったホットケーキだった。自分の母親の足は形容しがたい色をしていた。あえていうなら紫色と肌色の間みたいな色で、だらりとした質感だった。いかにも肉という感じがした。それにひきかえ、この女子の足は裏側にまわると焼けてはいるのだが表ほどではなくて、ほどよい感じのきつね色だった。

チカダは、気がつくと、カッターでその太股《ふともも》の後ろ側を切りつけていた。切りつけられた女子は、何をされたのかわからず、振り返った顔は笑ったままだった。相手がチカダとわかると、とたんに顔が険しくなった。

前の日に、チカダは中庭でこの女子に「なに見てるのよッ」と突然、切りつけるように言われた。自分は何も見ていなかったのに、そう言われたのだった。

全《すべ》ては、チカダがネコの足を切ったという噂《うわさ》からだった。前からそうだったが、教室はさらによそよそしいものとなってしまった。人も風景も、すべてがつくりもののようにしか、チカダには思えなかった。そんなとき、突然、「なに見てるのよッ」と声をかけられたのだった。チカダには、不機嫌そうな顔でにらんでいるその女子が、生々しく思えた。ようやく生きている者に出会えたと思った。しかし、それでもまだ本物かどうか確信を持てなかった。オレをだまそうとしているのではないか。やっぱりすべては、映画のようにスクリーンに映った幻のようなものなのではないか。チカダは、そのまやかしのスクリーンを切り裂いて、その向こうにある本当の世界を見たかったのだ。

切りつけるというより、目の前にあるホットケーキのような太股に線を引くようにカッターナイフを走らせただけだった。それでもしばらくすると赤い線が浮かび上がってきて、血がにじんできた。それは、チカダが想像していたような痛みを感じる映像ではなかった。女子が、チカダの視線を追ってゆき、それからようやく自分の太股の後ろ側を見て、叫び声を上げた。チカダは、その後どうするか、何も考えていなかった。すぐに教師が集まってきた。刑事ドラマのように、チカダが取り押さえられることもなかった。ただ、取り囲まれただけだった。血が床にしたたることもなかった。なにか、すべてが中途半端だった。

その後のことも、どこか人ごとで、今でも本当のことのように思えなかった。女子が軽傷だったこともあり、親同士の話し合いで、チカダを転校させるという条件でことはおさまった。母親の通うスイミングスクールの知り合いの家がガラス細工の工房をやっていて、卒業後はその社長の世話になり、そのまま今も職人として働いている。火の前でガラスを吹いていると、汗がどっと吹き出て、自分の体の表面をだらだら流れ落ちてゆく。チカダは、ようやく自分というものがどんなカタチをしているのか知ったような気がした。

ガラス製品を納品する雑貨店で、そこに勤めていた友美と知りあった。結婚して、息子の心が生まれると、中学のときに感じた、あのすべてがウソくさい感じは、すっかりなくなってしまった。散らかった居間や、ごちゃごちゃした押入れの中は、どこにでもある家の風景で恐ろしいほどワンパターンだと思うのに、なぜかウソだとは思えなかった。持ち家ではないが、ここはオレの家だとのほほんと暮らしている。それは、息子が、妻の友美が自分を見ていると思うからだろう。こっちが見ると、見返してくれる者がいる。ただそれだけで、世界はとても親しいものに思えてくる。子供がいるだけで、地球の中心とつながっていると思える、この頼もしさは何だろう。中学生の自分は、世の中から拒絶されていると思い込んでいた。それは向こうから見返されることが一度もなかったからだ。

結局、心と「雨雨クローバ雲団」のことについて話すことはなかった。五年後、チカダはそのことをとても後悔した。

家から仕事場に電話がかかってきた。そういうことは今までになく、よほどのことだと思われた。チカダは、ひととおりの作業を終えて、家に折り返し電話をかけた。すぐに友美が出て「どうしよう、どうしよう」とおろおろ繰り返す。なんとか話を聞き出すと、心が学校で問題を起こしたという。チカダは、あわてて学校へ駆けつけた。心はすでに家に帰った後で、教師が数人残って何やら話し合っていた。

教頭の説明は、心が女性の担任教師を階段から突き落としたというものだった。悪意があったわけではなく、なにかの拍子にそうなったんじゃないでしょうかと、チカダはできるだけ冷静に言ってみたが、教頭は渋い顔をして首をふった。問題は、むしろその後であるらしく、心は落ちた担任を見下ろして「お前なんか、切り刻んでやる」と叫んだという。学校は、このことを重く見ていると、教頭は言った。

チカダが校門を出るとき、すでに空は薄いオレンジ色におおわれていて、体育館から剣道部のやたら高いかけ声が風にのって聞こえてくる。

心は退学することになるのだろうか。もしそうなるのなら、それは自分のせいのような気がした。もっと早く心と話をすればよかったのかもしれない。どうしたら許してもらえるのだろう。まず、心と一緒に担任に謝りに行こう。そんなことを考えていると、突然、中学生の自分が頭をよぎった。同級生に、ネコの足を切ったら許してやると迫ったことだ。同級生は本当にネコの足を切ってしまった。あの日、チカダは家に帰ってトイレで吐いた。自分の命令したことが、本当になるというのは耐えがたいことだった。誰も、そんなことを教えてくれなかった。心は、知らないのだ。誰かを切り刻む、なんてことを口に出してしまう恐ろしさを。コトバは、自分に返ってくるということを。

家に帰ると、すべてが違っていた。置いてある物は、ティッシュの箱の位置にいたるまで家を出たときと同じだというのに、空気がどんよりと重い。それを少しでも軽くしたい友美が、必要以上に明るくふるまっている。ここぞというときにつくるエビフライの尻尾《しっぽ》はピンとのびていて、それもかえって場にそぐわず、自分と同じように心にも、それらすべてがウソくさく見えるのだろうなぁとチカダは思った。

心は、夕ご飯になってもリビングにはあらわれず、友美が持っていったおにぎりも手がつけられていなかった。

友美は夕食後、少し泣いた。チカダは大丈夫だからと繰り返すしかなかった。友美が眠ったのを確認すると、チカダは押入れをひっくり返して「雨雨クローバ雲団」のノートをさがした。心の気持ちをたどるものは、もうそれしかないような気がしたからだ。

友美は、心が小学生のときの物を、ダンボールにまとめて入れていた。ダンボールの蓋《ふた》には、絵心のない友美が見よう見まねで描いたランドセルや上履きのイラストがあって、「心の想《おも》い出」と大きく書かれていた。それを開くと、作文やテストのファイルやらリコーダー、書道セットがきれいに詰められていた。心が小学三年のときに描いた「お父さんの絵」が出てきて、チカダは胸を突かれる。サインペンを使って、とても細かいところまで丁寧に描いてあった。チカダには歯車みたいなシャツの模様が懐《なつ》かしい。お父さんはガラスをつくる人です、という文字のたどたどしさに、もうここに戻ることはできないのだと思い知らされる。「雨雨クローバ雲団」は、その絵の下にあった。

そのノートを残して、ひろげた物を箱にしまっていると、玄関でカチリと音がしたような気がした。チカダがあわてて玄関に行くと、心の運動靴がなくなっていた。食事をとってないので、コンビニへでもでかけたのかもしれない。そう思ったチカダは、外へ飛び出した。

心はすぐ見つかった。自販機の前で、ぼんやり立っていた。ディスプレイの明かりに顔が照らされているというのに、その表情は読み取れない。怒っているのか、悲しんでいるのか、それさえわからなかった。心はただじっと立っていた。お金がないのだろうか。そう思ったチカダは、自分のポケットをさぐる。財布もケータイも鍵《かぎ》すらも持っていなかった。ただ左手に「雨雨クローバ雲団」のノートを握りしめているだけだった。

心がこちらを向いた。チカダはおかしいぐらいあわててしまい、「どうも」と上司にするような挨拶《あいさつ》をしてしまう。心の方も驚いていて、目を見開いていたが、チカダが握りしめているノートに気づくと、抗議するような顔でチカダを見た。

「関係ないから」

と心は言った。

今度の事件と、「雨雨クローバ雲団」は関係ないと言いたかったのだろう。

「そっか、お前にも守りたいものがあるんだな」

とチカダが言うと、心はちょっとびっくりしたような顔になった。

「これ、守りたいんだろう。だから、関係ないって言ったんだろう」

心はチカダが差し出したノートを凝視する。

「だったら、切り刻んでやるなんてことを口にするな。これは——」

チカダは、ノートを持つ手を天に向かって突き出す。

「これは、何もないところから、お前が、お前の力だけで生み出したものなんだぞ。それを、お前自身が汚して、どうするんだよ」

心は放心したようにノートを見上げた後、視線をチカダにうつした。そして、チカダのあまりにも真剣な顔つきにどきりとしたのか、心の目から涙が吹き出してきた。

「わざとじゃないんだ」

担任を突き落としたことを言っているのだろう。その表情を見れば、チカダには心の気持ちがいやというほど伝わってくる。

「ずっと長い間、先生に無視されてきて、だから――」

だから、目があったときに、何かとても傷つけることを言いたかったのだろう、とチカダは思った。自分が女子に切りつけたときのように。自分自身が、深くいつまでもそこにとどまるようなことを言いたかったのだ。

心はまだ泣いていた。

「手が自分の手じゃないみたいだった」

心が泣きじゃくりながらそう言った。教師をつき落とした後、心がぼうぜんと自分の手のひらを見つめる光景が頭に浮かんで、チカダは心が苦しくなる。

「大丈夫だ。まだ取り戻せる」

心は、チカダのコトバに顔を上げる。

「どうやって?」

心は、顔をゆがませて、絞り出すように聞いた。

それは、チカダにもわからなかったが、とにかく話し合うしかないと思った。何度でも話して、それから心にとって一番いい方法を考えよう。

「なんとかなるさ」

チカダがそう言うと、心は安心したのか、さっきより少し明るい声で、

「なんとかなるのかな」

とつぶやいた。

「大丈夫。植物ロボットも見てたはずだから、お前だけが悪くないことは証明できるさ」

心はようやくはにかんだような笑顔を見せた。

「お父さん、それ、作り話だよ」

そう言った後、少し考えて、

「作り話じゃなかったとしても、無理かな。どっちにしても無理だよ。オレのいるところは植物のない砂漠だから」

と心は言った。

チカダはそんなことない、と言ってやりたかったが、心には教室が砂漠にしか見え

てないのだと思った。そんな心に、自分が何を言っても伝わらないような気がした。オレができるのは、汗にまみれてガラスを吹くことだけなのだから。

そう思ったとき、チカダの体に何か電流のようなものが走り抜けた。そして、チカダの口がなめらかに動きはじめた。

「お前、知らないのか。砂漠にはな、遠い国から風に吹かれてやってきた、いろんな植物の種が埋まってるンだぞ」

「タネ」

と心がつぶやく。

「そうさ、見えないけれど砂漠にも植物がいるんだ」

チカダは、中学のときの教室を思い出す。いつもつるんでいた友人。気取った女子のグループ。いじめてしまった同級生。そうだ、見えないだけで、あそこには、まだ地上に顔を出す前のいろんな種類の種が、ぎっしり詰まっていたのだ。

「そこへ、雨雲がやってきて、雨をふらすんだよ。そうしたら、砂漠の中にいた種が、一斉に芽を出しはじめるんだ」

心は黙って聞いていた。

「雨がふれば、砂漠の教室も花畑になるかもしれん」

チカダはそう言って、「雨雨クローバ雲団」のノートを心に手渡した。心は、自分の描いたその表紙に目を落としたまま、

「オレのこと見ててくれたのかな、植物たちは」

とつぶやいた。

「あぁ、見てたさ。だから大丈夫」

何の根拠もないが、チカダは力強くそう答える。

「さぁ、帰って何か食おう」

チカダが家に向かって歩きはじめると、心もノートを胸に抱いてついてくるのが、街灯の影でわかる。

チカダは、心のために雨雲をつくってやりたいと思った。植物を芽吹かせる雨雲をつくってやろう。心がたとえ砂漠のようなところでも生きてゆけるように。心の荒れた気持ちがすっぽりとおさまるガラスでできた雨雲を。

心はそれを握りしめて、もう片方の手で自分のつくった物語を抱きしめて、ゆっくりでもかまわない、オレより遠くへ歩いてゆけ。

チカダは、夜の道を歩きながら、祈るようにそう思った。

かげ

Kage

朝、起きたらハクマイが動かなくなっていた。ハクマイというのは、明日美が飼っている白猫のことである。と言っても、本物の猫ではない。いわゆるアンネコと呼ばれているペット用ロボットである。アンネコとは、アンドロイド猫の略で、今では猫だけではなく犬でもオウムでも、人工ペットはすべてアンネコということになっている。

「でも、ヘンだよな」と明日美の夫はぼやく。アンドロイドというのは人型ロボットのことを言うんじゃないの？　猫なのにアンドロイドはないよな。それを聞いた明日美は、何言ってるの、アンネコは人間と同じに決まってるでしょ、と憤慨する。場合によっては、家族や知人以上の存在なのだ、そうだ。夫は、空気圧で微妙に調整しながら動かしているだけのものに、何でそこまで感情移入できるのだろうと思っているらしかったが、そのことは決して口に出さなかった。この件で論争を始めると関係が悪化することを、すでに若くない二人は知っているからだ。

それでも夫は、ハクマイが動かなくなったと知ると、いろいろアクセスを試みてくれて、対処法を探してくれた。しかし、ハクマイは相当古いもので、しかも特殊な仕様らしく、通常の手段では、再起動しない仕組みになっている、ということだけはわかった。じゃあせめてハクマイに蓄積されたデータだけでも取り出してと明日美は訴えたが、それも無理のようだった。データが消えたわけではないのだが、取り出す手段がないらしい。もしかしたらハクマイは、国家機密を扱ってたんじゃないかなぁと、夫は真剣な顔で言う。「こんなに調べて全然無理って、今どき、そんな話ある？」と
どうしても納得がいかないらしい。それでも時間ギリギリまで調べて、やっぱりダメだとわかると、ようやくイスから立ち上がった。

夫は、今から得意先の芸能事務所のパーティーに出なければならないらしく、「こんなときにゴメンな、ゴメンな」と、上等のネクタイを締めている。「帰りに、代わりのアンネコ、買ってきてやるよ。ネットじゃなくて、ショップで実物をちゃんと見て、よく似たのを見つけてくるからさ、そんなに落ち込むなよ」

夫は早口でそう言うと出て行ってしまった。

夫に言われて、「そうか、私、落ち込んでいるのか」と明日美は思った。玄関からリビングを振り返ると、ハクマイがバスタオルをくるっと丸めて放り投げたような形で、そこにあった。

この時間、ハクマイは決まって風呂場の洗濯機の引き出しの中に入りこみ眠っていた。洗って、乾燥され、自動的に折り畳まれた、まだ温かい衣類の上に満足そうに眠っているはずなのにと思う。

明日美が、動かないハクマイを抱き上げると、すでに電源が切断されて何時間も経っているからか、肉球はひんやりと冷たかった。その前足の片方は、関節のあたりで一度切断されて、その後、縫い付けてあった。その細かい縫い目を、明日美は指でなぞる。明日美はこの縫い目が好きだった。なんで、こんなふうになってしまったのか、明日美は知らない。夫の言うとおり国家機密を扱っていて、その時の傷なのだろうか。その足が、どんなシチュエーションで切断され、そしてどういう経緯で修繕されたのか、このハクマイの中にデータはあるはずなのに、もう誰も知ることができない。足のことだけではない。明日美とハクマイが過ごした時間、たとえば食べ物を欲しがるときにする、無表情な顔のまま人間みたいにぺこぺこ頭を下げるようなしぐさも、もう誰も知ることはないのだった。

ハクマイは、もともと、明日美の実家で飼っていた猫の名前である。それは、本物の生きた猫だった。当時、明日美はアイドルになりたくて必死で、ほとんど実家にいなかった。子供の頃からハクマイを飼っていたので、いるのは当然のものだと思い込んでいた。

アイドルとしての優劣は、ネットの中で秒単位で順位として示される。それは株価のように目まぐるしく変化する。どういう理由からなのか、十位ぐらいのアイドルがあれよあれよという間に、千五百位ぐらいに落ちてゆくこともあったりするので、気が抜けない。それでも、明日美は、なんとか百位以内をキープしていた。しかし、それはとてつもなく大変なことだった。お金を出せば順位を上げてくれるシステムがあるという噂（結局、それは詐欺《さぎ》だった）を聞いてハードなバイトをしたり、順位が上がりそうなネタをもっているライバルのアイドルがいれば陰で悪い噂を流したり、自分の順位が下がりそうなときは、ちょっとしたスキャンダルを自作自演でやってみたり、できることは何でもやってきた。

ある日、家に帰ると、ハクマイが死んだと聞かされた。よく生きた方で、二十一歳だった。家族は、しょうがないよね歳《とし》だもんねと言い、明日美はそうなんだと納得した。業者が死体を引き取った後だったので、明日美にはハクマイが死んだという実感が、まるでわかなかった。もともと、実家にいる時間は短く、ハクマイが死んだことは、仕事をしていればまぎれてしまうだろうと思っていた。なのに、なぜか突然、何もする気が起こらなくなって、アイドル活動に身が入らなくなってしまった。何がどうなってしまったのか自分でもわからなかった。自分が何者かでなければならない、と思っていた明日美は、ハクマイの死で突然、何かが剝《は》がれ落ちたかのようになり、「もういいや」と投げやりに思うようになった。

そんなとき、テレビで生活バラエティ番組のプロデューサーをしていた、今の夫から、ハクマイに似たアンネコをもらったのだった。夫は映画のPRの仕事で知り合った人から、小道具で使ったもので、かなり古い型だけど、そこらへんのアンネコとは比《か》べ物にならないぐらいモノはいいからと、特別にゆずってもらったのだと言っていた。

新しいハクマイは、本物より機敏だったが、すぐに明日美の生活リズムに合わせて動くようになった。もしかしたら、明日美の方がハクマイに合わせて暮らすようになったのかもしれなかった。

アイドル引退を宣言し、そのときはそれなりに注目されたが、それも一瞬で、明日美自身、そんなものだろうと、さばさばした気持ちで一切の芸能活動を辞めた。もったいないと言う人もいたが、そのままずるずる続けて、どんどん単価が安くなる仕事を、数をこなしてやってゆくという根性はもうなかった。

その後、しばらくしてハクマイをくれた夫と付き合うようになり、結婚して、子供を二人産み、その子供も今はロンドンと京都に住んでいる。京都の方は結婚もしている。子供たちは、明日美が昔、アイドルをしていたことを知らない。そんな情報は、誰も検索しないので、きっとネットの底の方に塵《ちり》のように埋まっているはずである。深く潜って探そうというような、よほど奇特な人がいない限り、ないのと同じだろう。

明日美の若い頃の記憶は、動かなくなったハクマイの中に眠る記憶と同じなのだ。三十人ほど入る地下のライブハウスの薄汚い楽屋で、誰かの噂を聞くたびに、体中が締めつけられるように感じた焦《あせ》りや、四六時中、ネットの順位を確認しては、一つでも順位が上がると感じた、「やったッ！」という脳天が破裂するような喜びは、あったということは覚えているのに、それをリアルに思い出すことはもうできない。ただ、明日美がアイドルを辞めて三年ぐらい後だったか、同じグループにいた自分よりランクが下だった子が、二十秒間だけ五位になったことがあって、たまたまそのモニターを見た明日美は呆然《ぼうぜん》となり、ふいに、昔の楽屋の匂《にお》いを思い出し、胸が締めつけられ、泣き叫ぶ赤ん坊の声がとても遠くに聞こえたことは、リアルに思い出すことができる。

そのころ、理由は忘れたが、夫に苺《いちご》を投げつけたことも覚えている。夫は黙って、つぶれた苺をひろい集めて、食べられそうなものを洗って子供に食べさせた。つぶれてゴミ箱に捨てられた苺は、自分のようだと明日美は思った。今でも、夜中に起きて台所をとおるとき、その頃の荒れた気持ちをありありと思い出すことがある。

部屋の明かりが自動的につき、明日美は時計を見る。もう夕方の六時だった。いつの間にか部屋に、赤い西日が射《さ》していた。ずいぶん長い間、動かないハクマイの横で、明日美もまた動かず座っていたのだった。広い窓から、夕日が落ちてゆくのが見える。太陽が雲に隠れると、雲の割れ目がひっかき傷のように赤くなっているのが見えた。雲の向こうに燃えるように落ちてゆく太陽があるのだ。空にも痛みがあるのかな、と明日美はぼんやり思う。

ふとみると、動かないハクマイに影ができていた。ハクマイはもういないのに、ちゃんと影を落としていた。隣で生きて座っている自分と同じように、ささやかな影がそこにあった。それを見た明日美は、ふいに思った。いないハクマイがここにある。影を落として、確かにここにある、と言っている。明日美は、ああそうかと思う。いないということが、あるのだ。

ふいに、「シュレディンガーの猫」というコトバが明日美の頭をよぎる。架空の実験なのだろう、ある条件の中、箱に猫を入れると、その箱の中は、「生きている猫」と「死んでいる猫」が重なり合っているという状態になるらしい。死んでいるものと生きているものが重なり合っているというのがどういうことなのか明日美にはよくわからないが、自分がアイドルをやっていたときのことを思い出す。あの頃、自分は笑ったり手や足を懸命に動かしたりしていたけれど、不安の方が大きく、数字だけがすべてで、まるで生きている感じがしなかった。もしかしたら、「生きている」と「死んでいる」が重なっているというのは、ああいうことを言うのではないだろうか。

長いリハーサルがようやく終わった次の日の朝、家に向う自分とすれ違いに、スクランブル交差点をぞろぞろ出勤してくる人たちの群れは、ゾンビのように無表情で同じ動きだった。私もまた、この人たちと同じような顔で歩いているに違いないと、その時思った。人気の順位が上の時は、ここにいていいんだと思えたのに、それがどんどん落ちてゆくと本当は私なんかこの世にいないんじゃないかと泣いた。「ある」人だけが生きてゆける世界だった。美人で、スタイルが良くて、アドリブがきいて、根性があって、運も持っていて――。「ない」とわかったものは、去るしかなかった。

夫と結婚してから、特別なことは何も起こらなかった。それは、つまらないことだったか。いやそうではないだろう。幸せは何かが起こることだけではない。何かが起こらない幸せもあるのだ。何も起こらないという暮らしが、ここに確かにあったのだ。

ハクマイが、どこかの機関で働いていたとしたなら、この子のおかげで、未然に防げたできごとがあったのだろうか。そのことで、たくさんの人の命が助かったということがあったのかもしれない、と明日美は思う。足を落とすほどの危険なことをしながら何かを守ってきたのなら、あったことの陰に、なかったこともまた、同じ数だけあるのではないか。世の中に、何かが起こっているなら、何かが起こっていないことも、同時にそこにあるはずだ。私たちは、「ある」と「ない」が重なった上を生きていて、たまたま「ない」方に目を向けたとき、あるいは「ある」方にいると実感したとき、怒ったり、喜んだり、嘆いたりする。しかし、もしかしたら、そんな必要などなかったのではないか。「ある」も「ない」も、同じところにあるのだから。

何もかも欲しかった十代の頃、「ある」ことだけが正解だと思っていた。「ない」人生は耐え難かった。だから、突然、ハクマイがいなくなって、それを受け止めきれず、すべてが虚《むな》しいことのように思えたのだった。

三十年後、ふたたびハクマイを失った今、明日美は、「ない」ということを受け止めていた。ハクマイがいないということがある、と思った瞬間、大切な者の死をこんなにもすんなりと受け入れている自分に驚く。

明日美は夫に、「とうぶん猫はいらないから、はやく帰ってきて」とメールを打つ。「え、そーなの？　じゃあ、かわりに稲荷寿司《いなりずし》を買って帰る」と夫からソッコーでメールが返ってきた。猫の代わりがなぜ稲荷寿司なのかわからないが、じゃあ、ゴハン炊《た》かなくてもいいかと、明日美はもう一度窓の外を見たくて、動かないハクマイの横に座り込む。空は赤というより、紫とグレーとピンクだった。白髪のおばあさんが、美容室でこんな色に染めてもらっているのを見たことがある。そんな色の絡《から》み合うさまを見ながら明日美は思った。

最悪のことは何も起こらなかった。何も起こらなかったということが、ここにあった。それはなんという幸せなことだったことか。

何も起こらなかった幸せ。それは、寝る前にお米をといだり、朝、キャベツを刻んだり、幼い子供の手をひっぱりながらバス停まで走ったり、怒っていたのに夫の情けない顔を見て思わず噴き出してしまったり、そんなふうな一日を終え、何の不安もなく明日があると信じて寝床についた日々。そんなことを、このハクマイが全部見ていてくれたのだ。もうその記憶は、取り出せないけれど、何もない穏やかな日々は、今、明日美の隣にある。

「ねぇ、そういうことだよね？」

明日美は、ハクマイに声をかける。ハクマイは声を出さず、影でそうだと答えてくれる。

手のひらを聴診器のように自分の胸に当てて、心臓をさぐる。自分が生きているという証拠を見つけたくて、大きな深呼吸をしてみる。手のひらの一番やわらかい部分に、血液の流れるものなのか、あるいはどこかの臓器が働くものなのか、かすかな振動が伝わってくる。しばらくそうしていると突然奥の方から、どおんという大きな動きを手のひらに感じた。心臓の音に違いなかった。遠いところにいた鯨がやってきて、海面を突き破ったような力強い振動だった。

明日美は、胸に手をあてたまま空を見上げる。文字のように、絵のように、あるいはまるで意味のないものへ、どんどん色と形を変えてゆく空を見ていると、明日美は、自分が何かを待っている子供のように思えてくる。そして、今、待っているのは稲荷寿司だということを思い出し、一人で声を出して笑った。

きず

Kizu

約束の日、マナミはどどどという大きな音で目を覚ました。床が縦に横に揺れている。気がつくと毛布を頭からかぶり身を起こしていた。照明器具がゆっくりと円を描いているのを見ながら、これは絶対に天井が落ちてくるに違いないと毛布の中で首をすくめる。揺れがおさまっても、立つことができなかった。しばらくして、ようやくテレビをつけることを思いつく。アナウンサーがゆっくりと、これだけは伝えねばならないという感じで、地震のニュースを繰り返している。それを見て、これは非常事態だと思い知る。自分の今いる場所が一番ひどい揺れだと思い込んでいたが、西の方ではこれよりさらに大きな揺れだったらしい。今日行かねばならぬ場所は、どうなっているんだろう。テレビは肝心なことを何も伝えてくれない。

台所にゆくと、食器は無事だった。サンタクロースのロウソクを立てていた小皿だけが落ちて割れていた。前の日、停電になったので、あわてて探し出したロウソクだ。サンタクロースの体はすでに半分に溶けていて、中から黒くこげた芯《しん》がとび出ている。それが、ベランダのある窓の方まで転がっていた。

昨夜の十一時頃、突然、停電になり、マナミが外に飛び出すと、同じハイツに住む男性が濡《ぬ》れた頭でぼんやり建物を見ていた。シャワーを使っていたら突然水になったのだと言った。しばらくすると、他の住人たち、男性ばかり三人ほどが出てきて、なんでしょうねぇと同じように困惑している。街は明るく、この建物の電源だけが切断されているようだった。ワンルームばかりが二十部屋ほどの建物なのに、外に出てきたのは五人で、それはつまりそれだけの人数が電気を使っていて電源が落ちたということだった。そんなことがあるのかなぁと、住人たちは不思議がった。

誰かが電力会社に電話をしてくれたので、マナミは自分の部屋にもどり、サンタクロースのロウソクがあったはずだと、さがしだして、その明かりで電気がつくのを待ったのだった。サンタクロースの赤い頬が溶けてゆくのを見ながら、アガサ・クリスティーの『そして誰もいなくなった』という小説を思い出す。人形が倒れるたびにひとり、またひとりと人が殺されてゆく話だ。マナミは白い壁にゆらゆらと揺れるロウソクの影を見ながら、自分もまた、明日、人を殺さねばならないことを思う。こうやっていつも何かしらこしらえている台所にいると、本当に自分にそんなことができるのだろうかと思えてくる。今となっては、やるしかない。ずいぶん前にそう決めたのだ。なのに、まだそんな弱気な気持ちが今も残っていて、不安と一緒に喉元《のどもと》までこみ上げてくる。明日ですべて終わるのだ。ロウソクの小さな灯火を見ながら、何度も自分にそう言った。

あの停電は、この地震の前触れだったのだろうか。マナミは、テレビのチャンネルをめまぐるしく変えながら、ひたすら画面を食い入るように見つめた。電車などの交通機関はすべて止まっていた。マナミは、今日やらねばならぬことで頭がいっぱいだった。こんなときどうするか、そこまで話し合っていなかったことを悔やんだ。

マナミは、前の日から遠足に行く小学生のように、ちゃんと人を殺す用意をしていた。手渡された白っぽい粉状の薬は、透明のカプセルに詰めて、素早く取り出せるようにブラウスの胸ポケットにしのばせていた。この日のために買った、八千九百円のポケットの大きなブラウスだ。ちゃんとアイロンをかけ、たたみジワを丁寧にのばして、新品だとわからないようにした。

神山聖子《かみやませいこ》先生の飲み物に、カプセルをつぶして薬を入れればすぐに溶け、自分が帰った数時間後に先生は亡《な》くなるという手はずだった。大丈夫、絶対にばれないから、と里枝《さとえ》はうなずいた。この薬はすでに何度も使われているけれど、すべて病死扱いになっているのよ、と趣味の話でもしているように明るく言う。

神山先生というのは小説家で、マナミはその担当編集者だった。マナミは主に手芸などの本を出している小さな出版社に勤めていた。大丈夫と言った里枝は、その神山先生の妹で、マネージャーのようなことをしている。

マナミはテレビを消して、こんな日なのだから中止かもしれない、と自分の都合のよい方に考え、里枝に電話を入れる。電話はつながらなかった。安否確認する電話が殺到しているのだろう。震源地から離れた場所なのに、電話がつながらない事情は同じらしい。向こうからも発信しているのかもしれない、と思うが、どうすることもできない。

もう一度テレビをつけると、やっぱり、地震関連のニュースが延々と流れているだけだった。最初は十八人死亡と言っていたが、今は三百人近くになっていた。ニュースの内容はさほど変わらないというのに、死亡者の数だけは恐ろしいスピードで増えてゆく。ヘリコプターから空撮した映像では、街のすべてがことごとく焼かれ、太い煙が何本も立っていた。

いつになっても電話はつながりそうもなかったので、マナミは外に出る。街はウソのように静かだった。テレビではあれほどの惨状を伝えているというのに、そこから電車で三十分ほどのこの場所は、いつも通りで、それがかえって不気味だった。公衆電話を見つけ、カードを入れるがまるで反応がない。小銭を入れるとようやくつながった。里枝の方も何度も電話したらしく、連絡が取れたことに安堵《あんど》の声を出している。

今日は無理だと思うんですよね、先生の家まで行く交通手段もないし、とマナミは説明した。里枝は、やると決めたからには、できるだけはやくやってもらいたいらしく、行けるところまで行って欲しいと言う。

「あなた、チャンスよ。だって、地震で亡くなってるかもしれないじゃない」

と里枝は笑った。その場合も約束は守っていただけるんでしょうかと、マナミが今朝からずっと気にしていたことを低い声で聞くと、

「あたりまえじゃない。ただし、死んだのをちゃんと確認して証拠写真を撮ってきてね」

と里枝は釘《くぎ》を刺した。

たしかにチャンスかもしれない、とマナミは思う。先生のことが心配で伺いましたと言えば、相手は怪しまないだろう。病院はケガ人であふれている。おそらく、亡くなった者を火葬すらできない、混乱状態なのだ。今、神山が亡くなったとして、誰がそのことに気をとめるだろう。

次の日、私鉄二社とJRの電車が一部運行を再開するというニュースを見て、マナミは家を出た。途中、線路が切断されていて、その間は歩かねばならない。細かいことはテレビでは報道されないので、どうなっているのか、行ってみなければわからなかった。

ターミナルにある百貨店の食料品売り場は、平日だというのに混み合っていた。特に、パンと寿司売り場に、異常なほど人が集まっている。

マナミは、同じように人が並んでいるドーナツ屋で神山先生の好きなエンゼルクリームやフレンチクルーラーやらを買い込み、電車に乗る。食料品売り場があれほど混んでいたのがウソのように車内は閑散としていた。マナミの乗った車両には、五人しか乗客はいなかった。灯油を入れるような大きなポリタンクに、おそらく水を詰めたのを、キャリーカートにしっかりとくくりつけている男性は、リュックも本格的なアウトドア用で、いかにも被災地に行くというかっこうだった。マナミは、パンプスをはいてきた自分が恥ずかしくなる。見れば、みんなスニーカーだった。見るからにチャラい若い男性三人も、少し汚れたスニーカーをはいていた。そのうちの一人は、昨日、被災地にいたらしく、人を助けた話を大声でしている。

「半分埋まったおばはんが、助けてゆうから、こっちは必死にひっぱって助けてやったのによ、出てきたら痛いやんか、ゆうて怒りよるねん。むちゃくちゃや」

男の話にほかの若い男たちが笑っている。

隅に座っている中年の女性は、ぼんやりと外を見ていた。紙袋から、茹《ゆ》でたカニの入った長いパックがとびでている。きっとパンや寿司を買えなかったんだわ、とマナミは思い、自分が買ったドーナツ屋の箱を貴重品のように抱える。

ふいに、若い男たちが、しゃべるのをやめた。マナミが顔を上げると、中年の女性が立ち上がって、呆然《ぼうぜん》と窓の外を見つめていた。ポリタンクの男性も、あれほどしゃべっていた若い男たちも、立ち上がって、窓の外を黙って見つめている。

マナミも、思わず同じように立ち上がって視線を窓の外に移す。電車の横を走っていた高速道路が、突然、誰かに踏まれたように途中から崩れ落ちていた。そこに、バスが一台、今にもずりおちそうなかたちで、停車していた。それは、テレビで繰り返し放送されていた風景で、見慣れた映像であるにもかかわらず、それを目《ま》の当《あ》たりにした客は、そこから目を離せなくなっていた。車内は、まったくの無音だった。電車の走る音が聞こえるはずなのに、マナミには自分は音のないとても小さな箱の中にいる、としか思えなかった。ここにいる者すべてが、自分が無力であると感じているのがマナミに伝わってくる。それは、今まで経験したことのない時間だった。教会など行ったこともないけれど、もし、聖なるときというものがあるのなら、こういう時間をいうのかもしれない、とマナミは思った。

電車の窓の風景は、そこから一転した。つぶれた住宅や店が、西に向かって走れば走るほど、どんどん増えてゆく。ふいに、アナウンサーが抑揚のない声で伝えていた死者の数がよみがえる。九十八人。五百三十二人。三千五百八十六人。そして、次々と何の脈絡もなく伝えられる名前たち。この場所は、まだ傷口なのだ。この先、どれほどの深い傷が広がっているのか、そのすべてをまだ誰も見ていない。死者はまだまだ増えてゆくはずで、被害の全容をまだ誰も把握できていない、という事実にマナミは初めて気づき、パンプスをはいた自分の足を見つめる。

電車は、この駅までだということ、この先の路線はすべて運休していて再開のめどは立っていないことを繰り返しアナウンスしていた。その声を聞きながら、マナミは電車を下りて街に出た。

そのあたりは子供のころ遊んだ場所なので、裏の路地にいたるまでよく知っているはずなのだが、倒壊した家が多く、まるで違う景色になってしまっていた。つぶれている家と、そうでない家が並んでいる。そこに、法則というものが、まるで見当たらなかった。大きなお屋敷が無残に押しつぶされているかと思えば、吹き飛ばされそうなトタン屋根の建物が、つぶれた家々の中、すっくと立っていたりする。

家一軒分だけが、切り取られたようにきれいに焼けて誰が片付けたのか更地のようになっていた。まだ地面から温度を感じる。そこをじっと見つめているおじいさんは、小さなファミリーマートのレジ袋をぶら下げていた。中身は新品の歯ブラシ一本なのが透けて見える。

マナミは思わずため息をつく。そして息を吸い込むと、焼けた家の匂《にお》いがマナミの体の中に思いっきり入ってきて、あわてて歩き始める。歩きながら、あの焼けた家はクリーニング店だったことを思い出す。夏の夕暮れ、窓を開けはなし、ランニング姿のおじさんが汗をふき出しながら、天井につながった大きなアイロンをかけていた。客からあずかっていたスカートやら背広も全部燃えてしまったのだろうか。

そういえば姉とおそろいの赤と白のチェックのコートを持っていた。あのころは、コートではなくオーバーと呼んでいて、母の友人の家に仮縫いに連れてゆかれたのだった。母と姉の三人で、夜に電車をいくつも乗り継いで帰ってゆく心細さも同時によみがえる。

祖母は、すぐに大きくなるのにもったいないとぐちっていた。そのころ、父の給料は少なくきゅうきゅうとしていたのに、なぜかマナミと姉の洋服は手づくりで、普段着は母がつくり、よそゆきは洋裁の先生をしている母の友人につくってもらっていた。

つくってもらったばかりのオーバーを着せてもらって、恵比寿様を祀《まつ》っている神社に福笹を授けてもらいにでかけた。両親は境内に出ている見せ物小屋に必ず寄るのだが、口上を聞くだけで、決して中に入らなかった。マナミと姉は、おどろおどろしい看板や白黒写真だけで充分恐ろしく、夢に見そうだった。

社宅暮らしの母は、子供にそろいの服を着せることで、うちは違うのだというところを隣近所に見せたかったのかもしれないと、マナミは思った。洋服をあつらえても、行くところは、神社ぐらいしかなかったのだから、やっぱり母の見栄《みえ》だったのだと思う。同じような建物が並ぶ一角で、小さな競争があったのかもしれない。どこそこの家は、カレーの肉なのに特上を買っていたとか、皿はデパートで買ったカレー専用のものらしいとか、事細かな情報が日々入ってきたのだろう。同じような家に住み、同じような仕事をする夫を持つ主婦たちは、だからこそ、うちは違うのだということを、ことさら見せたかったのだ。

いつごろからか、マナミは姉とおそろいの服を着ることを拒否するようになった。学校に上がると、字を読むのがじれったくなってしまうマナミは、読書好きの姉にあっという間に差をつけられてしまった。すると、何かにつけて、姉と比べられ、家族にバカにされることが多くなった。おそろいの服を着たくなくなったのは、そのころからだ。姉の方は無頓着《むとんちゃく》で、母親が満足してるのだから着てあげればいいじゃないのと笑っていた。

何をやっても姉がほめられ、自分はけなされた。母にならって姉は刺繍《ししゅう》を始めたのだが、それはどれも愛らしく、みんなほめた。マナミが編み物を始めたのは、そんな姉と比べられるのが嫌だったからだ。なのに姉もやり始め、いつのまにか細かい模様のセーターや靴下をあっという間に仕上げるようになり、マナミは編み物をやめてしまった。

まるで勉強のできなかったマナミだが、高校の時に奮起して、それなりの大学に入り、地方にある小さな出版社にもぐりこんだ。

一方、姉は一流大学に合格し、家中が沸き立ったが、入学して何ヵ月か後、アジアをまわってくると言って出かけたきり、帰って来なくなってしまった。大学の方は中退となり、両親は、会う人ごとにもったいないですねぇと言われて、そうなのよと笑ってみせていたが、本当は腹の中が煮えくり返っていたに違いない。

今思えば、姉がいなくなった何年かが、マナミにとって、とても穏やかな時間だったように思う。母は姉に失望し、いつもぐちっていたが、マナミに攻撃の矢が向かないので、母に対して優しいことばが無理なく言えるようになっていた。

それなのに、姉は今、ドイツで暮らしていて、そこで小説家として名を成していることを母から聞き、マナミは喉に何か固いものが詰まったような気分になった。イギリスの有名な賞の有力候補であるらしい。

そんなとき、里枝に殺人の話をもちかけられたのだった。里枝もまた神山先生の妹だったので、マナミに、姉のことでどれほど苦労したり、惨《みじ》めな思いをしたか、最初は笑い話としてしゃべっていたが、どんどんエスカレートして、そのうち二人は互いの暗い部分をさらけ出す仲になっていった。

マナミは里枝と話していると、気が晴れてゆく。それは里枝の方もそうであるらしく、マナミに話を聞いてくれたお礼だといって、ブランドものの財布やら普通なら手に入らないような人気のお菓子を、別れ際《ぎわ》にさりげなくもたせてくれた。

殺人の話を持ち出したのは、賞味期限が十分という洋菓子を食べるためだけに、二人でわざわざ京都まで出かけたときだった。開店前の列に並んでいるとき、里枝にさりげなく、その話を切り出されたのだった。マナミにはそれが冗談ではないとわかった。なのに声は低くならなかった。まるで不法投棄されたゴミをどう処理しようかという調子で二人は熱心にしゃべった。そう、熱心だった。罪悪感や嫌悪《けんお》感、高揚する気持ちもなかった。何とかしなきゃね、という感じだった。店が開き、席に案内され、菓子が出てくる間に、里枝はあらかじめ考えていた殺人の段取りを説明した。それは、とても簡単そうに思えた。やってくれたら何でも望みをかなえてあげると里枝は言った。運ばれてきた菓子に二人で無邪気に歓声を上げた後、里枝はどんなことでも言ってと、自信満々の顔でうなずいてみせた。

マナミは、思い切ってドイツにいる姉のことを話した。何をやっていても、姉の活躍を考えると気持ちはおさまらないこと。それは誰にも知られたくない感情だということ。話しているうちに、なぜか涙が出てきて、それを押さえつつ、できれば賞を取らせないようにして欲しいと、しぼり出すように言ったのだった。里枝は、マナミの話を最後までうんうんと聞き、

「わかった。賞は絶対に取らせない」

とぞっとするほど冷たい声で言い放った。

どうやって、そんなことができるのか、それは説明してくれなかったが、里枝は不敵に笑い、

「なんだ、そんなことでいいんだぁ」

と私にできないことはないのよ、というように余裕たっぷりにマナミを見た。

何かの間違いで、マナミのスプーンだけ大きかった。それを見た里枝は、手を打って笑った。マナミは泣いた後、大きなスプーンであっという間に溶けてゆくクリームをすくって口に運んでいると、小さな子供に戻ったような気持ちになってゆく。里枝が差し出したハンカチは、蜂《はち》が二匹向かい合っている刺しゅうがしてあって、それは子供のころの自分と姉のように思え、それに顔をうずめて、また泣いたのだった。

歩けば歩くほど、瓦礫《がれき》の山が増えてゆく。歩き始めたころは被害がまだ小さい地域だったからか、回収されないゴミ袋が山積みになっているのをあちこち見かけたが、今歩いているあたりは、ほとんどの建物が倒壊しており、人の手が足らずゴミ袋に詰めることさえできないのだろう。何もかもが手つかずで、地震の起こった昨日のまま

放置されていた。

それでも誰がやったのか人が通れるだけのスペースはあけられていて、この調子だと、神山聖子の家まであと二時間ぐらいで行けそうだった。神山先生には、何のうらみもなかった。むしろ、とてもよくしてくれたと思う。マナミは、自分の中で、神山がすでに過去形の存在になってしまっていることに、あわててしまう。不安をしずめるために、胸のポケットを押さえ、カプセルがちゃんと入っているか確認する。

そんなとき、後ろから「すみません」と声をかけられ、マナミは少しうろたえた。声をかけてきたのは、年配の女性で、本棚を持ち上げるのを手伝ってくれませんか、と言った。飼っている犬がどこに行ったのかわからなくて困っている。もしかしたら、倒れた本棚の下なのかもしれないと思うのだが、一人ではどうにも持ち上がらない。手伝ってもらえないだろうか、という話だった。丁寧な話し方に好感をもったマナミは、いいですよ、と女性の後をついて行った。

女性は、歩きながら話を続ける。こんなときに、犬のことで人に頼むのは、どうも気が引けちゃって。でも、私にしてみればチロちゃんは家族の一員だから、というような話をした。

女性の家は、二階の部分が一階になっていた。

「一階が紙風船を割ったみたいにぺっしゃんこなの」

と女性は言った。元々は一階が何かのお店のようだった。

「おかしいのよ。朝、揺れて、あわてて窓を開けたら、お隣さんも同じように窓を開けていてね、で、そのままズドンって大きな音がして、二階が下に落ちたの。お隣さんの家も同じように二階が下に落ちちゃって、目を合わしたままの状態でスローモーションみたいにゆっくり落ちていったの。おかしいでしょう?」

この話を誰かにしたくてしょうがなかったのよ、よかったぁと女性は笑った。

本当はこれだけつぶれていると、危ないから入っちゃいけないんだけどね、と女性は慣れたように突き出ている廃材を避けながら中へ入ってゆく。マナミも、本来なら二階にあるはずのベランダをまたいで中に入ると、思ったより大きな本棚が三つ倒れていた。

本を二重に入れていたから重いのよ、と女性は説明する。本棚のガラスが粉々に割れて散乱しているのに、女性は裸足《はだし》のままで、マナミが「それじゃあ危ないですよ」と言うと、女性は自分が裸足であることに初めて気づいたようで、

「本当、あらいやだ。昨日からずっと裸足だわ。でも不思議ねぇ、全然切れてないわ」

と感心した。

二人でかけ声をかけ合って、本棚を持ち上げようとするが、まったく上がらない。こんなに重いものなのだろうか、とマナミが思った瞬間、昔、これぐらいびくともしないものを持ち上げようとしたことを思い出した。若いころの話だ。ふいに「G」と呼ばれていた女の子の白い横顔が目に浮かぶ。

マナミは、中学生のとき「G」という生徒を船の上から突き落とそうとしたのだった。あのとき、友人と三人で飛びかかったというのに、「G」の体を一ミリも動かすことができなかった。あの不気味さは、何だったのだろう。あぁ、そうかとマナミは思う。今日歩いてきたこの街と同じだ。当たり前だと思っていたことを全部否定されたような、すべてが揺らぐ、そんな感じだった。

人を殺そうと思ったのは二度目だったのかとマナミは気づき、もしかして、それは人よりずいぶん多いんじゃないかと、ちょっと怖くなる。怖くなってから、でも私、今から人を殺しに行くんだわ、と皮肉っぽく思う自分がいた。

あのときと同じだ、とマナミは思う。なんとなくGを殺すことになってしまったのだった。同じクラスの林さんが、どんどん話を決めていった。マナミには強く反対する理由はなかった。殺人なのに、と今なら思うが、そのときの人間関係は濃密で特殊だったのだろう。もう一人いた女子も、同じだった。林さんはGのことを恐れているようだった。

Gは人間じゃないと言った。最初は懐疑的だった林さんがそう断言した。カゲロボとは、人間そっくりのロボットが人間社会にまぎれているのだという、学校で流行《はや》っていた都市伝説だった。Gをやらなければ、私たちがやられると言い、林さんは強い目でマナミたちを見まわした。そう言われて、マナミたちも、同じように切羽詰まった気持ちになっていった。しかし林さんは、なぜあんなにGに敵意を持っていたのだろう、とマナミは思う。

ひとつだけ思い当たることがあった。まだ中学生なのに、林さんは絶対に音楽大学に行くのだと言い張っていたことだ。林さんは、体育の時間、バスケットボールもバレーボールも見学だった。突き指をしたら大変だからという理由からだったが、他の生徒たちは「プロかよ」と陰で笑い、見学を承認する教師をひいきだと怒った。林さんは、そんなクラスメイトたちを気にしているようすもなく、あんたたちとは違うのよ、という態度でみんなを見下していた。それでも、表立って問題にならなかったのは、ときどき昼休みに聴こえてくるピアノの旋律が、あまりにも美しかったからだ。

「林さんのピアノ、ほんとにすごいね」とマナミが思わず声をかけたことがある。すると、林さんはきつい顔でマナミを見つめた後、無言で階段を降りていった。

卒業した後に聞いた話では、その頃林さんの家は経済的に大変でピアノも売ってしまったらしいということだった。おそらく音楽大学も断念せねばならなかったはずで、それでも林さんは体育を見学していたのだった。

Gは学校を去る日、音楽室でピアノの演奏を披露した。それを聴いたマナミは、たぶんマナミだけではなく他の生徒たちも、あの昼休みのピアノはGだったのだと気づいた。

ことあるごとに、Gは人間じゃないと林さんはバカにするように言っていた。しかし、人間じゃないものが、あんなに美しい音を出せるものだろうか。いや、やっぱり人間じゃなかった、とマナミは思う。船上でGを突き落とそうとしたときの、甲板に足がぴたりと張りついたようになって一ミリも動かなかった、あの異常な感触を何と説明するのだ。

全く上がらない本棚を持ち上げていると、甲高い犬の鳴き声がして、女性が「チロちゃん」と声を上げた。茶色の小型犬が倒れたテレビやソファやらの上を跳ねながら、こちらに向かって吠《ほ》えていた。

「あんた、どこにいたのよぉ」と女性は、わが子のように抱きしめる。チロちゃんの、ハッハッハッと笑ったように開く口許《くちもと》から、黒っぽい歯茎が見える。かわいいはずのものなのに、何か生々しく、禍々《まがまが》しい。マナミは自分がやらねばならぬ仕事を思い出す。

　チロちゃんの前足をつかんで、無理やりバイバイさせて見送ってくれる女性に別れを告げ、ひたすら歩き続けると、ようやく見覚えのある駅にたどり着く。この辺りまで来ると、つぶれた家屋は少なかった。無人のプラットホームも一見何の被害もなさそうに思えたが、よく見ると、時計がだらりと落ちていて、コードだけでかろうじてぶら下がっている。時計は地震が起こった早朝の時刻のまま針が止まっていた。

　駅前の写真店も無事で、ショウウインドウはヒビひとつ入っていなかった。そこに飾られている神山先生の着物姿の写真もそのままだった。何かの賞を取ったときのものらしく、先生はここを通るたびに、「あぁ、太りかえっていて恥ずかしい」とつぶやいていた。

　そんな写真を見て、マナミは先生は無事かしらと心配になる。殺しに来ておきながら、無事かしらはないのだけれど、無事でいて欲しいとマナミは思う。

目の前には急な坂道が続いていた。空ではヘリコプターが何機も飛んでいる。新聞社やテレビ局のものだと思うのだが、警察のもあるのかもしれない。マナミは、まさか空から心を見抜かれているとは思っていなかったが、うつむくように背中を丸めて歩いてゆく。

神山先生の自宅は高台にあった。最後の階段は急で、上りきると若いマナミでも息が切れる。玄関前で息を整えていると、神山先生がリビングから庭へ、よっこらしょと椅子《いす》を運んでいるところだった。

先生はマナミを見ると驚いて、「なんでぇ?」とまぬけな声を上げた。「心配で」と、これまたまぬけな声でマナミがドーナツの箱を見せると、先生はとたんに、うわぁッと感激した顔になった。それは、子供が庭先で思いもかけない宝ものを見つけたときのような表情だった。

先生は、キラキラ輝く日常のカケラを見つけたようだと言った。そう言ってから、作家としては下手な表現よねと笑った。ドーナツ屋の見慣れた配色のパッケージと、いつも仕事をしていたあなたの顔が泣きたいぐらい懐《なつ》かしかった。たった一日半しか経《た》っていないのに、普通の暮らしがもう何年も前のことのように思えてね。先生はカセットコンロのボンベを手に、「あった、あった」と嬉《うれ》しそうに笑いながら、そんなことを話した。

先生の家は何の被害もないようだったが、電気、水道、ガスは止まっていたので、日が落ちる前に庭の木にランタンをぶら下げて、その下に机と椅子を運び出し、そこで夕食をとろうとしているところだった。電気が止まっているから、冷凍庫の中のものが溶けだしちゃったの、この際、もらいものの高級松阪牛とか食べてしまおうと思って、あなたちょうどよかったわよ、二百グラムのが二枚あるから一人じゃ無理と思ってたのよ。先生はとても早口の人で、動きも同じように素早く、いつの間にかワインまで開けていた。グラスは全部オシャカよ。ベニスで買ったのも全部やられたわ、とマグカップにワインを注ぐ。

あいかわらず、ヘリコプターの音がうるさい。先生はそれを見上げて、ワインの入ったマグカップを片手に、のんきそうにあはははと手を振っていた。瓶詰のカニみそやら、イクラの醤油《しょうゆ》漬けやら、フロマージュのケーキやら、タラコやら、ほたるイカの沖漬けやら、食パンやら、ちりめんじゃこやらがテーブルに並んでいる。

「酒のアテに大事にとっておいたけど、こうなったら全部食べてやる」と言って、先生はイクラの蓋《ふた》をぱかっと開けて、またあはははと笑った。

マナミは、ひたすら肉やらソーセージやらタマネギを焼いた。暗くなってゆく空の

下、冷たい風にゆらゆら揺れるランタンを見上げていた先生が、いきなり右手を突き上げ、

「いい仕事をするぞッ！」

と叫んだ。

高台の庭から街が見下ろせる。街は夜の海と同じぐらい暗かった。ところどころに赤い炎が見えるのは、まだ火事がおさまらないところがあるからだろう。先生は、絶え間ない消防のサイレンと、ヘリコプターの音に負けじと、大声でもう一度、

「こーなったからにゃあ、いい仕事するからな」

と叫んだ。そして、先生は肉の塊をぎっと嚙《か》みちぎって、そのまま黙って肉を嚙み続けた。

マナミも先生と一緒に肉を嚙んだ。嚙みながら、自分がここに来てから、先生は一度もグチを言っていない、と思った。家は無事だとはいえ、中はめちゃくちゃだった。台所も居間も、たぶん寝室も。今日、眠る場所はあるのだろうか。マナミはそんなことを考えながら肉を嚙んでいると、泣けてきた。

ハンカチを出そうとした手が、ブラウスのポケットに触れて、先生を殺すためのカプセルにあたった。自分の心の内を見られまいと、上着をひっぱり胸を隠した。あん

なに陽気だった神山先生は、今は怒ったような顔になって真剣に肉を噛んでいた。開け放したリビングの窓から中のようすが見える。部屋の中は混沌《こんとん》としていた。先生が大事にしていた本が開いた状態で床に散乱している。テレビが今にも転がり落ちそうなかたちで、窓のサッシに支えられかろうじてとまっていた。

　空を見上げていた神山先生が突然、

「あー、空豆食いてぇ」

　と声を上げた。

「見るだけでもいい。ゆでたばっかりのつやつやのやつ。湯気のたったやつ。子供の服、脱がせるみたいに、すぽんって皮むけるとこ見たい」

　先生はよほど食べたいのか、ヘリコプターに向かって、

「空豆、落としてくれ」

　と叫んでいる。そうかと思ったら、何かを思い出したように、ぴょんと体を起こして、子供みたいにマナミに体を近づけ、

「ねぇねぇ、知ってる？」

　と言った。

「空豆ってさ、黒いスジがあるじゃない。あれって、なぜだか知ってる？」

料理をしないマナミは、そう言われてもぴんとこなかったが、きれいな緑色にくっきりと黒い線があったような気がする。

「空豆と炭とワラが旅に出るのよ。でね、川があって、ワラがじゃあボクが橋になるよって、体張るわけ。で、まず炭がワラの上を歩いてゆくんだけど、川の流れが急で怖くなっちゃうのね。で、真っ赤になって火を出すの。するとワラも燃えちゃって二人とも川に落ちちゃうのね。それを見ていた空豆が笑うんだけど、あまり笑い過ぎてお腹《なか》が破れちゃうのよ。で、しくしく泣いていたら、旅人が通りかかって、針と糸で縫ってやるの。でも黒色の糸しかなかったから、今でも空豆は黒いスジがついてるんだよね」

マナミも、先生の話を聞いているうちに、そんな話があったことを思い出した。

「空豆って、ひどいヤツですね。人の不幸をそんなに笑うなんて」

「でも、わかる気がしない？」

と神山先生はマナミの顔を見た。

「人の不幸って、なんか安心するじゃない」

そう言って、暗い街を見下ろした。

「でも、こんなにたくさんの人が死ぬのは、耐えがたい。私、痛い。痛くてしょうがない。どこもケガしてないのに、ものすごく痛い」

　そう言って、神山先生は手で顔を覆《おお》った。先生は声をたてずに泣いているようだった。駅前の写真店に飾ってあった、堂々とした着物姿の先生ではなかった。肉を嚙み切っていた挑戦的な先生でもなかった。ただ無防備に泣いている神山先生を見て、マナミは鞄《かばん》の中をさがした。何をさがしているのか、自分でもわからなかった。何かせずにはいられなかった。長年、先生の編集担当をしていた癖かもしれなかった。ここは私が何とかせねばと、わけもなく思う。鞄の中の手が小さな袋にあたり、引っ張りだすと携帯用の裁縫セットだった。

「先生、針と糸を持ってました」

　マナミがそう叫ぶと、神山先生は顔を上げた。泣き顔のままなので、うんと歳《とし》を取ったように見える。

「先生、これで大丈夫です。これで綴《と》じてしまいましょう」

　神山先生は、マナミの顔と裁縫セットをかわるがわる見て、

「何を？」

　と聞いた。

「傷口をです」

そう答えると、なぜかマナミの方が泣けてきた。自分にもまた、大きな傷口があるのを思い出したからだ。それはあまりにも長く放置してきたので深く、骨まで達していた。癒《い》える時間なんてなかった。傷の上をさらに傷つけられる。その繰り返しだった。できれば、姉に死んで欲しかった。そうでなければ、自分は生きてゆけない。姉が生きているかぎり、私は惨めなままだとマナミは思った。その惨めさを、人に見せまいと生きてきた自分が、あまりにもかわいそうだった。

「そうだね」

と神山先生が言った。人の傷口を縫うのが私たちの仕事だったね、そう言ってマナミが差し出した裁縫セットを手に取った。そして、これ記念にもらっていい、とマナミに聞いた。マナミは鼻が詰まって返事ができなかったので、そのかわりに何度もうなずいた。

近所の家の庭の少し下の暗い部分に、小さな明かりが灯った。発電機か何かを持ち込んで作業していたのだろう。明かりと一緒に、おぉっという人の声がこちらまで上がってくる。

その声に、マナミの胸にも喜びがこみ上げてくる。それは先生も同じだったようで、泣いていたはずなのに、笑顔でマナミの方を振り返った。

マナミと神山先生は、家に入って眠れる場所をつくった。押入れが開く状態だったので、布団《ふとん》は簡単に取り出せた。

「引き戸じゃなかったらアウトだったね」

と先生は笑う。

寝床に入っても、二人はなかなか眠れなかった。マナミは思いきって自分の話をした。母のこと、姉のこと、そしてブラウスのポケットの中の薬のこと。それで先生を殺しにきたこと。それを誰に頼まれたかは話すことはできなかったが、黙って聞いていた先生にはわかっているようだった。自分の殺害計画を聞いても、先生は表情を変えることはなく、「かわいそうに」とつぶやいた。「あなたのことじゃないわよ」とあわててつけくわえる。

「そんなこと、人にたくさねばならなかった人がね、かわいそうだなと思う」

「ケーサツに言いますか？」

とマナミが聞くと、

「言うわけないじゃない。自分の身内なんだから」

と言った。やっぱり、先生は自分の妹が頼んだということを知っていた。

「あなたも身内みたいなものだし」

そうか、その身内に裏切られたのだ、と思うと、マナミは先生が不憫《ふびん》に思えてきた。先生の顔をのぞくと、先生は掛け布団をすっぽりとかぶっていた。

「大丈夫、私は傷ついてないからね」

と先生は布団の中から、くぐもった声でそう言った。

「人が惨めなやつだと思っても、私がそう思わないかぎり傷つかない。傷つくのは、自分自身が惨めだと思ったときだけ」

先生はそこまで言って首を出し、「そーなのよ」と何かを発見した人のように、生き生きとした声を出した。

「自分を傷つけられるのは、自分だけよ」

先生は、はっきりと自分に言い聞かせるようにそう言った。

「空豆の話、もう少ししていい?」

マナミの返事を待ちきれず、話し始める。

「別の人から聞いた話によると、炭とワラと空豆が旅をしている途中、食べ物がなくなってしまったんだって。で、炭とワラは空豆を食べようとしたらしいのよ。まっ、未遂だったんだけどね」

「そんな話もあるんですか?」

「うん。もしかしたらさ、空豆は自分のことを惨めだって思ったんじゃないかな。だから人の不幸を、お腹が破れるぐらい笑ったんだよ」

「空豆って、すくわれないやつですね」

まるで自分のようだと、マナミは思う。

「惨めになるってことは、そういうことなんじゃないかな」

先生は低い声でそう言ってから、突然高い声になって、

「でも、旅人にすくってもらったんだよ。破れたところを縫ってもらったってことは、もう一度、やり直せってことなのよ。そう思わない？」

そうかもしれないけれど、とマナミは思う。しかし、自分には、やり直す資格などないような気がする。つい何時間か前までは、先生を本気で殺そうと思っていたのだから。

「私たちはさ、旅人だよ」

「え、空豆じゃないんですか？」

「そっちじゃなくて、いつも針と糸を持ち歩いて、破れたところを見つけたら、とにかく縫うの。それが私たちの仕事」

先生は、私の仕事とは言わず、私たちの仕事と言った。

「私にそんな資格はありません」

「なに言ってるの、街も人も、こんなになっちゃったんだよ。資格とか、そんなこと言ってる場合じゃないでしょう」

マナミは、今日歩いてきた風景を思い出す。そして、まだ見ていない風景を想像する。こんなにおびただしい傷を縫うことなんてできるのだろうか。でも、ここにいる人たちはやるのだろう。たぶん、生きるということは、そんなことの繰り返しなのだ。

「とにかく縫う」

先生はもう一度そう言って、眠りに落ちていった。

次の日、ドーナツの残りとマナミが自宅を出るときに台所にあったのを鞄に突っ込んできた紅茶のティーバッグで朝食をすまし、午前中は家の中の片付けを手伝った。先生は、日が落ちてしまったら大変だから、はやく帰れとマナミを急《せ》かした。途中で食べるように、レモンクリームをはさんだクラッカーを一箱もたせてくれる。

クラッカーを持つ先生の指先は白く長い。おしゃべりに夢中になると指をひらひらさせるのがクセで、それはまるで鳥の羽のように見えた。マナミはそれを見るたびに、きれいな手をしていますねと感嘆の声を上げてしまう。すると、先生はきまって手をかくす。家事は母と妹にまかせっきりで私は何もしてこなかったからね、と恥ずかしそうに言うのだった。

先生は玄関に出ると自分の手のひらをマナミの背中にあてた。そして、さあ行ってらっしゃいというように軽く押し出した。先生の指でできたあの鳥の羽が自分の背中に生えたような気がして、マナミは思わずふりかえる。先生は笑っていた。そしてマナミが坂道を降りてゆく背中をいつまでも見送ってくれた。もう見えなくなるという場所でマナミが振り返ると、先生はまだ手を振っていた。

「いい仕事、しようね」

と風にのって、先生の声が切れ切れに聞こえてくる。まだ私と仕事をしてくれるんだ。まだ私と仕事をしてくれるんだ。マナミは何度もそうつぶやきながら、急な坂道を降りて行った。

帰りは慣れた道だからか、思いのほか速く歩けた。もう少し歩けば電車が動いている駅にたどりつくだろう。お腹も思ったよりすいていなかった。

ポリ容器に入った水を二つ、両手にぶら下げた制服姿の女の子が追い越してゆく。マナミは、その女の子を追いかけた。先生にもらったクラッカーをあげようと思ったのだ。女の子は、ポリ容器を持っているというのに、重心がぶれることなく、しっかりとした足取りで進んでゆく。

「これ、よかったら」

ようやく追いつき声をかけると、女の子はゆっくりと振り返り、マナミを見た。

マナミは凍りついた。制服は違うが、中学のとき、船から突き落とそうとしたGだった。二十年以上経っているというのに、Gは中学生のままだった。

Gは、ポリ容器を置いて、差し出されたクラッカーを受け取った後、マナミに戻した。

「ありがとう。でも、私、食べないから」

Gの声に間違いなかった。よく見ると、ポリ容器は二十リットル入りのものだった。そんなのを二つも、普通の女の子が持ってあんなに平然と歩けるものだろうか。

「人間じゃないから？」

マナミは、ずっと聞きたかったことを、かすれた声で聞く。

「うん、そうね」

Gは笑った。

度を失ったマナミが早口で聞く。

「私を見張ってたってこと？　私が人殺しをしないように」

何を言いだすのだと自分に驚くが、尋ねるのをとめることができなかった。

「あなたが犯罪をおかす確率は、〇・〇〇二パーセント。理由はわかりません。コンピューターがはじき出した結果なので、私にはその根拠はわからない。でも、あなたのことは全て知ってます。だって、私はあなたの担当のＡＩだから」

Ｇが、こんなにしゃべるのは初めてだった。

「私の担当って、どういうことよ」

「あなたのことをすべて知るのが私の任務でした」

「私の何を知ってるっていうのよ」

「あなたが小学四年生のとき、お姉さんがお母さんのために編んだセーターを学校の焼却炉に放り込んだ」

「そんなときから？」

マナミは絶句した。それは事実だった。

「私を見張ってたってこと？　ずっと、私だけを？」

「そう、あなただけを見てきた」

「なんで？　林さんじゃなくて？　なんで、私なの？　クラスでも地味で、なんの取り柄もない私を、なんで見つづけてきたのよ」

「それは、あなたがとても長い間、傷ついていたから。全てを知る人が必要だと、誰かが考えたのです」

「誰かって、誰？」

「私にはわかりません。でも、私はあなたのことを全部知っている。どんなふうに傷ついているか、それをどんなふうにしのいできたか」

「人を殺そうと思ったことも？」

「そう、全部」

マナミは、思わず体を折り曲げた。割れるわけがないと思っていたアスファルトにひびが入り、奥のほうに土が見える。

「でも、もう大丈夫」

Gにそう言われて、体を折ったままマナミは顔だけを上げる。

「大丈夫って、なにが？」

しぼり出すような声で言うと、Gは、マナミの胸元を指さした。見るとカプセルの入ったポケットだった。マナミは思わず、隠すように手で押さえる。カプセルはまだそこにあった。

「よく見て」

Gのコトバでポケットを見ると、黒い糸で綴じるように縫い付けられていた。いつやったのだろう。先生が縫ったのに違いなかった。きっと、夜中に起きだして、ランタンの光だけを頼りに縫ったのだろう。空豆の筋のようにくっきりとした黒い線が入っている。

「本当に大丈夫なのかな、私」

マナミが、ポケットの縫い目を指でたどりながらつい本当の声が出る。Gは真《ま》っ直《す》ぐにマナミを見て、

「大丈夫」

ともう一度繰り返した。

気がつくと、マナミはクラッカーを握ったまま立っていた。Gと会ったのは、自分の妄想のように思えた。ばかばかしい話だった。子供の頃から、ずっと私を見つづけてくれる者など、いるわけがなかった。何のために、誰がそんな労力をかけるというのだ。私のような、何の才能もない、ごく普通の人間に、そこまで手をかける意味がわからない。お金に換算すると、どれほどの額になることか。

ふいに「カゲロボ」というコトバがよぎる。時間とかお金とか、すべてを度外視した存在がもしかしたら本当にあるのかもしれない。この街を歩いているとそう思えてくる。里枝さんも一緒にくればよかったのに、そうすれば私たちは、とても小さな場所にいたということがわかったはずだ。

マナミは、ようやく駅に着いて、電車に乗り込む。乗客は行きよりは少し増えていた。マナミは疲れていた。こんなに歩いたことはなかった。でも、眠りたくなかった。あの、踏みつぶされたような高速道路をもう一度見たかったからだ。見知らぬ乗客たちと一緒に、祈るような気持ちで見たかった。そうしたら、やっぱり自分はGに会ったんじゃないかと思えるような気がした。

Gが全部見ていてくれたというのは、本当だったのではないかと思いたかった。Gの「もう大丈夫」という声が頭の中によみがえる。先生が黒い糸で自分の惨めさを綴じてくれたことや、先生に羽をもらったこと、いい仕事をしようねと手を振ってくれたこと、街がことごとくつぶされていたことが、全部本当であったように。私のような者にも、神様としかいいようのないものが、ずっと寄り添ってくれていたのではないか。そしてそれは、家や仕事や家族や友人をなくした人にも、ひとりひとり寄り添っていてくれる。そう思いたかった。

気がつくと、マナミは電車の振動に誘われて、眠りに入ろうとしていた。瞼《まぶた》の奥に、誰かの背中が見える。それは傷だらけで、マナミは怖いと思う。そう思った瞬間、背中は柔らかいジャージー生地のような質感に変わり、傷と思われたものは、刺繍された鳥の羽だった。その図柄をマナミはよく知っていた。実家の玄関にあった花瓶敷きの柄だった。それは母が刺繍したものだった。マナミは、懐かしいような、安心したような気持ちになってゆく。

電車は、傷ついた街をゴトンゴトンと走り抜けてゆく。マナミは眠りながら、今自分は針になっているのだと思った。傷にひとつひとつ羽の刺繍を、ほどこしてゆこう。お金とか労力とか時間とか、そんなことはどうでもいい。とにかく縫おう。先生と一緒に。そう思いながら、マナミは深い眠りに落ちていった。

この作品は平成三十一年三月新潮社より刊行された。

彩瀬まる著

朝が来るまでそばにいる

「ごめんなさい。また生まれてきます」――生も死も、夢も現も飛び越えて、すべての傷みを光で包み、こころを救う物語。

江國香織著

ちょうちんそで

雛子は「架空の妹」と生きる。隣人も息子も「現実の妹」も、遠ざけて――。それぞれの謎が綴かれ、織り成される、記憶と愛の物語。

小川洋子著

いつも彼らはどこかに

競走馬に帯同する馬、そっと撫でられるブロンズ製の犬。動物も人も、自分の役割を生きている。「彼ら」の温もりが包む8つの物語。

小川糸著

サーカスの夜に

ひとりぼっちの少年はサーカス団に飛び込んだ。誇り高き流れ者たちと美味しい残り物料理に支えられ、少年は人生の意味を探し出す。

角田光代著

平凡

結婚、仕事、不意の事故。あのとき違う道を選んでいたら……。人生の「もし」を夢想する人々を愛情込めてみつめる六つの物語。

中島京子著

樽とタタン

小学校帰りに通った喫茶店。わたしはコーヒー豆の樽に座り、クセ者揃いの常連客から人生を学んだ。温かな驚きが包む、喫茶店物語。

新潮文庫最新刊

D・キーン
角地幸男訳
正岡子規
俳句と短歌に革命をもたらし、国民的文芸の域にまで高らしめた子規。その生涯と業績を綿密に追った全日本人必読の決定的評伝。

G・ルルー
村松潔訳
オペラ座の怪人
19世紀末パリ、オペラ座。夜ごと流麗な舞台が繰り広げられるが、地下には魔物が棲んでいるのだった。世紀の名作の画期的新訳。

J・カンター
M・トゥーイー
古屋美登里訳
その名を暴け
―#MeTooに火をつけたジャーナリストたちの闘い―
ハリウッドの性虐待を告発するため、女性たちは声を上げた。ピュリッツァー賞受賞記事の内幕を記録した調査報道ノンフィクション。

L・ホワイト
矢口誠訳
気狂いピエロ
運命の女にとり憑かれ転落していく一人の男の妄執を描いた傑作犯罪ノワール。あまりに有名なゴダール監督映画の原作、本邦初訳。

茂木健一郎
恩蔵絢子訳
生きがい
―世界が驚く日本人の幸せの秘訣―
声高に自己主張せず、調和と持続可能性を重んじ、小さな喜びを慈しむ。日本人が育んできた価値観を、脳科学者が検証した日本人論。

今村翔吾著
八本目の槍
吉川英治文学新人賞受賞
直木賞作家が描く新・石田三成！ 賤ケ岳七本槍だけが知っていた真の姿とは。歴史時代小説の正統を継ぐ作家による渾身の傑作。

カゲロボ

新潮文庫 き-50-1

令和四年六月一日発行

著者 木《き》皿《ざら》泉《いずみ》

発行者 佐藤隆信

発行所 株式会社 新潮社

郵便番号 一六二―八七一一
東京都新宿区矢来町七一
電話 編集部(〇三)三二六六―五四四〇
読者係(〇三)三二六六―五一一一
https://www.shinchosha.co.jp

価格はカバーに表示してあります。

乱丁・落丁本は、ご面倒ですが小社読者係宛ご送付ください。送料小社負担にてお取替えいたします。

印刷・錦明印刷株式会社 製本・錦明印刷株式会社

ISBN978-4-10-103961-9 C0193